Für meine Mutter und all diejenigen,
die – wie sie – nach 1945 ein neues
Zuhause im Kraichgau gefunden haben.

Brigitte R. Springer, geb. 1969 in Bretten, aufgewachsen in Flehingen. Verheiratet, zwei Töchter. Mitglied im Heimatkreis Oberderdingen und Museumsverein Flehingen. Publikationen und Ausstellungsorganisation für den Heimatkreis. Aufbau einer Biedermeiergruppe beim Museumsverein. Beamtin beim Landeswohlfahrtsverband Baden. Fachhochschulreife. Sammelte Erfahrungen mit Wein und Weinbau in langjähriger Tätigkeit beim Weingut Lutz in Oberderdingen. 2008 erschien ihr Buch „Eine weihnachtliche Reise durch Deutschland, Österreich, die Schweiz und Südtirol" (Möwig/Edel Verlag). 2010 der Kraichgau-Krimi „Die Tote im Weinkeller" (Lindemanns Bibliothek).

Brigitte Springer

Ein Mordsfest

Ein Kraichgau-Krimi

Lindemanns Bibliothek

Ähnlichkeiten mit lebenden Personen
sind nicht beabsichtigt und rein zufällig.

Einige Akteure

Andrea Leuchte: Möchte es nicht wahrhaben, dass in ihrem beschaulichen Dorf erneut jemand ermordet wird. Ehe sie sich versieht, ist sie aber schon wieder mittendrin in den Ermittlungen und blickt mit liebenswert-chaotischer Art in die Abgründe ihrer Mitbürger-Seelen.

Joachim Leuchte: Andreas Ehemann, der sich darüber freut, diesmal nicht als Hauptverdächtiger zu gelten. Er will sich gerade ganz seiner neuen Berufung, der Bildhauerei, widmen, da gilt es plötzlich, eine neue archäologische Sensation im Lössboden des Kraichgaus auszugraben.

Emma Hoffmann: Andreas' Freundin, die mitten in den Vorbereitungen zu ihrer Hochzeit mit dem Bürgermeister und einem folgenschweren Polterabend steckt.

Kurt Blankenfels: LKA-Kommissar aus Karlsruhe. Nur zu gerne reist er nach Flehingen und stellt mit Begeisterung fest, dass hier nicht nur gemordet wird, sondern auch feste Feste gefeiert werden.

Thorsten Fuchs: Bürgermeister eines badisch-schwäbischen Ortes, der nur einen Wunsch hat: Wenn seine Bewohner schon sterben müssen, dann bitte friedlich in ihren Betten.

Frau Braun: Wissbegierige Nachbarin; für den Mikrokosmos des dörflichen Lebens so wichtig wie das Salz in der Suppe.

Ilona Sailer: Ihres Zeichens Pfarrköchin in Sickingen und Hauptverdächtige für mehrere Morde.

Samuel Friedrich Sauter (1766 – 1846): Ist und bleibt Dorfschulmeister, Poet und Urbild des Biedermeier.

Oberderdingen: Eingebettet in die hügelige Landschaft des Kraichgaus mit seinen weiten Wiesen, Äckern und Weinbergen, besteht aus dem schwäbischen Derdingen und dem badischen Flehingen mit seinem Ortsteil Sickingen und Großvillars, gegründet von Waldensern aus dem Piemont.

1

Fassungslos starrte ich in die Runde. Was war da eben geschehen? Stocksteif standen wir alle da. Bleich, stumm. Keiner sagte etwas. Sollte nicht jemand von uns etwas tun? Einen Arzt rufen? Die Polizei?

Ich schluckte schwer, schloss die Augen und versuchte, das Geschehen zu rekapitulieren:

Es war noch keine Minute her, dass wir alle gut gelaunt beisammengestanden hatten – das Geburtstagskind Josef Richter mit seinen stolzen neunzig Jahren, seine Nachbarin Maria Kranz, seine Nichten Manuela Körner und Erika Ziegler sowie Pfarrer Treulich mit seiner Haushälterin Ilona Sailer und ich.

Vorsichtig roch ich an dem Likörglas, das ich zitternd in der Hand hielt. Walnusslikör, ganz frisch aus der diesjährigen Ernte. Köstlich! Ich hatte sie schon an meinen Lippen gespürt, diese schwarze Köstlichkeit. Meine Geschmacksnerven standen vor der Explosion, als ... ja, als das Geburtstagskind gierig diesen leckeren Likör hinunterkippte und binnen einer Sekunde röchelnd zu Boden sank.

Der Herr Pfarrer betont ja zu gerne: „Gott bestraft alle kleinen Sünden sofort“, doch war es denn wirklich so schlimm gewesen, dass der alte Richter nicht abgewartet hatte, bis Pfarrer Treulich mit seinem Toast zu Ende gewesen war?

War Josef Richter überhaupt tot?

Warum überprüfte das niemand?

Langsam öffnete ich meine Augen wieder. Nichts hatte sich an der Situation geändert.

Die Pfarrköchin, Frau Sailer, stöhnte auf und sank leichenblass auf das Sofa. Endlich kam Leben in die Anwesenden. Hektisch rannten sie durcheinander. Jeder versuchte, sein Likörglas loszuwerden.

Behutsam beugte ich mich über den alten Herrn Richter. Mit weit aufgerissenen Augen lag er da. In seiner Hand hielt er noch das wunderschöne Gläschen, echte böhmische Handarbeit. Ein Erbstück, wie er immer stolz betont hatte. Vorsichtig löste ich es aus seiner Hand. Wie es aussah, würde es nun wohl jemand anderes erben.

„Ist er tot?“, fragte mich Erika leise.

„Ich denke ja. Wir müssen aber trotzdem einen Arzt rufen“, gab ich ihr ebenso leise zur Antwort.

„Nein, das geht doch nicht. Was werden die Leute sagen? An seinem Geburtstag! Vergiftet durch den Likör von dieser Hexe da!“, bellte Manuela Richter durch den Raum. „Und so etwas schimpft sich Pfarrköchin. Eine Giftmischerin wohl eher, das ist sie.“ Dabei sprang sie auf die arme Pfarrköchin zu und wollte sie würgen.

Barsch packte ich Manuela am Oberarm. „Ich geb' Ihnen gleich noch ein Tröpfchen, wenn Sie nicht sofort ruhig sind. Vergiftet! Dass ich nicht lache. Vielleicht war ihm der Geburtstagstrubel zu viel, die Presse, die Ständchen vom Kirchenchor, vom Männergesangverein, vom Musikverein. Dann die ganzen Gratulanten, der Bürgermeister, der Ortsvorsteher, wir eingeschlossen. Habe ich jemanden vergessen?", zischte ich.

„Den Fanfarenzug", piepste Erika.

„Danke", brummte ich.

„Ich bin auch der Ansicht, dass es für den Ärmsten alles zu viel war. Gott habe ihn selig", kam mir Pfarrer Treulich zu Hilfe.

Der alte Herr Richter – vergiftet. So ein Unsinn. Sicher, er war eigentlich ein ruppiger Kerl gewesen, nörgelte und meckerte an allem und jedem herum. Dennoch, war jemand krank, so kam er zu Besuch. Nicht, dass er etwas mitbrachte oder Tee kochte oder dergleichen. Aber er kam. Brauchte jemand Hilfe, so sorgte er auf seine Art dafür, dass sich jemand fand, der half. Auf Gräber, die niemand mehr pflegte, stellte er Blumen. Und im Herbst war er für die Kinder mit seinen Äpfeln und Birnen wie ein Herr Ribbeck auf Ribbeck im Havelland.

Noch immer aufgebracht, so viel Dummheit bei seiner Nichte Manuela vorzufinden, suchte ich nach dem Telefon und rief den Notarzt an.

Wie viele Nachbarn man hat, so heißt es, merkt man erst, wenn ein Krankenwagen vor der Tür steht. Kommt die Polizei dazu, weiß man, wer alles in der Straße wohnt. Als der Leichenwagen von Herrn Klag vorfuhr, war die Menschenansammlung so groß, dass die Sanitäter ihre liebe Not hatten, um zu ihrem Fahrzeug zurück zu gelangen. Für den alten Richter hatten sie nichts mehr tun können.

Er war wirklich heimgegangen zum Herrn. Nun aber musste unser Pfarrer Treulich um seine gute Frau Sailer bangen. Sie sah sich schon als Mörderin denunziert und unschuldig in der Hölle schmoren. Die Tränen, welche sie vergoss, hätten jeden Hades geflutet. Blass und zitternd lag sie im Krankenwagen. Die Polizisten taten sich wichtig und protokollierten alles. Totengräber Klag stand abwartend bei der Polizei. Endlich war mal wieder etwas los in Flehingen.

Die Wirtin des Schwanen fürchtete nun, für ihre Arbeit nicht mehr bezahlt zu werden. In Flehingen war es üblich, dass jeder Sänger und Musikant als Dankeschön vom Geburtstagskind eine heiße Wurst, eine Brezel und ein Glas Wein oder Bier im Gasthaus bekam – eine willkommene Einnahmequelle für die Wirte, zeigten sich in der Regel die Geburtstagskinder doch immer sehr spendabel.

Dieses Geburtstagskind konnte seine Zeche hingegen definitiv nicht mehr bezahlen.

2

Es war ein wunderschöner Frühsommertag. Die Sonnenstrahlen kitzelten mich an der Nase. Genüsslich lehnte ich mich in den Stuhl zurück und betrachtete die Fassade des Melanchthonhauses am Brettener Marktplatz. Am Brunnen neben mir spielten kleine Kinder. Ihre Mütter frühstückten in einem der vielen Cafés. Es wäre so richtig schön entspannend gewesen – ohne meine quengelige Freundin gegenüber.

„Jetzt erzähl' schon endlich, Andrea", bat sie zum wer weiß wievielten Male. „Spann' mich nicht auf die Folter. Ich will wissen, was gestern auf dem Geburtstag passiert ist. Aber bitte haargenau – und lass' ja nichts aus!", drängte Emma.

Ich stieß einen Seufzer aus, schlug theatralisch die Augen auf und begann etwas genervt zu erzählen: „Der liebe Pfarrer Treulich brachte gerade einen Toast auf das Geburtstagskind aus, als dieses tot zusammenbrach."

„Stopp!", unterbrach mich Emma wirsch. „Er brach zusammen, nachdem er vom Likör getrunken hatte. Du unterschlägst mir die Hälfte", verbesserte sie mich.

„Wenn du es sowieso besser weißt, warum fragst du mich dann?", brummte ich.

„Weil ich es aus erster Hand hören will. Verstehst du denn nicht? Beim Bäcker heute Morgen hieß es, er habe noch lange geröchelt und gestöhnt. Qualvoll sei er dann gestorben. Mit herausgequollenen Augen! Beim Metzger hat mir deine Nachbarin, die Frau Braun, erzählt, er habe sogar noch die Pfarrköchin als Giftmischerin bezeichnet. Verflucht habe er sie, ehe er gestorben sei."

Ich stöhnte schmerzvoll auf.

„Es war Manuela Richter, die unsere Pfarrköchin als Giftmischerin beschimpft hat. Du meine Güte! Was geht da wieder im Ort herum. Also pass auf: Frau Sailer brachte wie üblich einen ihrer selbst gemachten Liköre als Geburtstagsgeschenk mit. Einen Walnusslikör. Herr Richter war davon so begeistert, dass er ihn gleich öffnete. Er roch genussvoll an der Flasche. Dann bat er seine beiden Nichten, die guten böhmischen Likörgläser zu holen und den Walnusslikör an seine Gäste auszuschenken. Der Herr Pfarrer brachte wie üblich einen langatmigen Toast auf das Geburtstagskind aus. Herrn Richter ging das wohl zu lange, er kippte gierig den Walnusslikör runter, raunte ein genussvolles ‚Ahh' – und verstarb. Basta, aus, Amen. Das war's."

Ich seufzte, sah Emma gequält an und fuhr fort: „Wenn du mich nach meiner Meinung fragst, und wie ich dich kenne, wirst du das gleich tun: Dem alten Richter war der ganze Trubel einfach zu viel."

Emma runzelte ihre Stirn, beugte sich zu mir herüber und fragte: „Hast du den Likör getrunken?"

„Nein", antwortete ich irritiert.

„Wenn du dir so sicher bist, dass der alte Herr Richter nicht vergiftet wurde – warum hast du den Likör dann nicht getrunken?“

Erschrocken sah ich Emma an. Ich hatte doch nur aus reinem Reflex so gehandelt. Oder etwa nicht, begann ich mich zu fragen ... Eigentlich hätte ich in diesem Moment schon etwas Hochprozentiges gebrauchen können.

„Na, siehst du“, meinte Emma stolz.

„Blödsin!“, tadelte ich sie. Nervös entwandt ich mich ihrem Blick. Gedankenverloren betrachtete ich die schönen Fassaden der alten Häuser. Mord ... Wer sollte an so einem schönen Platz an Mord denken? An die Geschichte mit dem Brettener Hundle vielleicht, das einst der ganzen Stadt das Leben gerettet hat – aber doch nicht an einen Mord in Flehingen.

„Die Geschichte vom letzten Jahr mit der toten Gerlinde im Weinkeller reicht mir vollauf. So schnell wird in Flehingen niemand mehr umgebracht“, versicherte ich Emma.

Mein Kaffee war in der Zwischenzeit kalt geworden. Mir war nach einem frischen, kühlen Kraichgau-Riesling. Ich rief nach der Bedienung. Sie versicherte mir, einen leckeren Tropfen aus Kürnbach da zu haben.

„Gibt es bei Ihnen auch eine Quiche?“, fragte ich hoffnungsvoll. Die zuvorkommende Kellnerin nickte.

Emma verzog das Gesicht. „Andere Leute frühstücken hier um diese Zeit und du isst schon Quiche ... Aber was soll’s, erzähl weiter. Was war, nachdem der alte Richter tot war? Du sagtest, seine Nichte Manuela bezichtigte sofort die arme Pfarrköchin?“

Mit Unmut dachte ich an diese Szene.

„Ja, genau. Stell dir vor, kaum war ihr Onkel zusammengebrochen, schimpfte sie los. Hätte sie nicht zuerst nach dem armen Herrn Richter schauen müssen? Er hätte ja noch leben können! Aber nein. Sie wetterte wie ein altes Waschweib. Man bekam das Gefühl, als suchte sie im Gedanken schon nach dem Familiensilber. Wenn ich so darüber nachdenke, ist es schon komisch: Sie wollte nicht einmal, dass ich einen Arzt rufe. Als der Herr Pfarrer dann die Anwesenden bat, ein Gebet für den Verstorbenen zu sprechen, hat sie sich verdrückt. So wie es sich anhörte, hat sie im Zimmer über uns die Schränke durchwühlt."

Nachdenklich machte ich eine Pause.

Sofort drängelte Emma. „Weiter! Mach' schon! Lass dir doch nicht alles aus der Nase ziehen!"

„Nichts weiter. Ich hab' nach dem Telefon gesucht und den Notarzt angerufen. Kurz die Situation erklärt. Danach rückten sie sofort mit der Polizei an. In der Zwischenzeit hab ich versucht, den Inhalt meines Likörglases loszuwerden. In einer Wohnung ohne Zimmerpflanzen ist das gar nicht so einfach. Schwachsinnig, ich weiß; ich stand halt unter Schock. Die anderen stellten ihre Gläser einfach auf ein Tablett, das Manuela gebracht hatte. Ihr war das ganz wichtig. Sie wurde ganz zornig, weil ein Glas fehlte. Unersetzliche Erbstücke, betonte sie immer wieder. Wer sie jetzt wohl erbt?"

Emma schüttelte den Kopf. „Das gibt es doch nicht, eine Wohnung ohne Pflanzen."

„Doch, da war keine einzige Topfpflanze. Im Garten, da blüht es wunderschön, aber im Haus: keine einzige Blume. Außer den Blumensträußen der Gratulanten."

„Hatte der alte Richter nicht eine Schwester?", fragte sie interessiert.

„Ja, aber die ist seit Jahren bettlägerig. Das ist auch der Grund, weshalb sie nicht beim Geburtstag war. Ich glaube nicht sie, sondern Manuela erbt alles. Zumindest wird sie es versuchen. – Später saß sie die ganze Zeit wie die Queen von England im Sessel und scheuchte die arme Erika umher. Jammerte darüber, was für ein Stress es nun wieder für sie sei, die Beerdigung zu organisieren. Ich kann es nicht beschwören, aber ich glaube gesehen zu haben, wie sie die Kuverts mit den Geburtstagsglückwünschen einsteckte", raunte ich.

„Wieso?", fragte Emma erstaunt.

„Du bist gut. Noch nie etwas von Gutscheinen und Geldgeschenken gehört?"

„So bitte, ein Riesling trocken – Kürnbacher Lerchenberg – und eine Quiche. Einen guten Appetit wünsche ich."

Das war erst mal meine Rettung. Dass man mit vollem Munde nicht spricht, hatte Emma einst genauso wie ich von den Klosterschwestern im St.-Josef-Kindergarten gelernt. Also konnte sie nun kein Sterbenswörtchen mehr von mir erwarten. Genussvoll schwenkte ich den goldenen Riesling im Glas.

Emma sah die Bedienung an und seufzte. „Dann bringen Sie mir bitte den Muskat Secco von Ihrer Karte und ein kleines Frühstück dazu."

Fürs Erste war ich vor Emmas Spekulationen sicher.

Melodisch klangen die Schläge aus unserem Gartenhäuschen. Wobei die Bezeichnung „unser Gartenhäuschen“ so schon lange nicht mehr zutraf. In den letzten Jahren hatte mein Mann die Funde seiner Buddelei – der archäologischen Ausgrabungen natürlich – darin gesammelt und aufbewahrt. Doch nachdem ihn diese Leidenschaft am Tauchstein beinahe das Leben gekostet hatte, ruhten seine Schätze nun in Karlsruhe im Keller des Denkmalamts.

Die alte Leidenschaft war einer neuen gewichen – der Bildhauerei: Nachdem Joachim in unserem Garten beim Ausgraben der Kartoffeln einen römischen Brunnen freigelegt und unnötigerweise dabei auch noch eine römische Steinskulptur gefunden hatte, stand seine neue Berufung (für ihn jedenfalls) fest. Auch er würde der Nachwelt Unvergängliches aus Stein hinterlassen!

Seither hämmerte er munter auf alles ein, was aus Sandstein oder Kalk war. Holz war für sein Unterfangen nicht haltbar genug. Neidlos musste ich ihm zugestehen, dass alles, was er da so heraushämmerte, klasse aussah. Mein Mann schien ein Auge für Proportionen zu haben. Kurzum, unser Gartenhäuschen verdiente es nunmehr, als „Künstleratelier“ bezeichnet zu werden. Es war im Schwedenstil erbaut und hatte rot-weiß gestreifte Vorhänge an den Fenstern. Weiße Geranien blühten auf den Fensterbänken zusammen mit gelben Margeriten. Auf dem Dach lag eine dicke Moosschicht. Ein großer Kirschbaum stand dahinter und schien das Häuschen mit seinen Ästen zubeschützen; in der Kirschenzeit war das sehr praktisch: Wir saßen alle auf dem Dach und pflückten bequem im Sitzen die süßen, dunkelroten Früchte.

Die Schläge verstummten. Joachim streckte seinen Kopf aus der Türe. „Habe ich doch richtig gehört. Hallo, mein Schatz. – Wo du gerade hier bist: Machst du mir bitte einen Kaffee?“

Ohne eine Antwort abzuwarten verschwand er wieder geschäftig in seiner Werkstatt.

Wenig später stellte ich ihm lächelnd einen Becher mit Kaffee neben seine neueste Skulptur – wohl eine moderne Auffassung eines Baumes.

Natürlich hatte ich mir auch einen Kaffee mitgebracht. Ich setzte mich zu Joachim.

„Was hast du da in der Bäckertüte?“, wollte er spitzbübisch wissen. „Na, wer sagt's denn – Schneckennudeln. Ist es wieder so weit?“ Er biss genüsslich in eine Zimtschnecke.

„Was ist wieder so weit?“ Also wirklich, da waren wir nun schon so lange miteinander verheiratet, und ich verstand seine Gedankensprünge immer noch nicht.

„Na, Schneckennudeln. Wer hat sich hier im letzten Jahr davon quasi ernährt? Wer hat damals den Umsatz an Schneckennudeln in der Bäckerei in schwindelerregende Höhen getrieben?“, witzelte er mit vollem Mund. „Nach dem theaterreifen Ableben des alten Herrn Richter wird es ja wohl nicht mehr lange dauern, bis er wieder bei dir vor der Tür steht. Meine Schneckennudel kriegt er aber nicht.“ Demonstrativ schnappte er sich eine zweite aus der Tüte.

Verdutzt schaute ich meinen Mann an.

„Na, dein Kommissar Blankenfels. Weißt du, Andrea, manchmal stehst du wirklich auf der Leitung. Du kannst ihm auch gleich sagen, dass ich dieses Mal vollkommen unschuldig bin. Nicht der Hauch eines Verdachtes haftet an mir. Du dagegen warst ja vor Ort, was dich eigentlich verdächtig macht."

„Also wirklich! Du spinnst ja. Genau wie Emma. Das war purer Zufall, dass ich anwesend war, als Richter starb. Wie gesagt, das hatte überhaupt nichts mit Mord zu tun. Könnt ihr alle denn an nichts anderes mehr denken? Hör' auf mit dem Quatsch! – Und was heißt hier mein Kommissar? Nur weil ich ihm bei der Aufklärung von Gerlindes Tod eine kleine Hilfe war?"

„Wenn du meinst", gab Joachim mir seelenruhig zur Antwort. Er trank seinen Kaffee leer und wandte sich wieder seiner Skulptur zu. Kraftvoll, rhythmisch schlug er auf den Sandstein ein, um ihn im nächsten Augenblick sanft zu streicheln.

„Quatsch", sagte ich nochmals kopfschüttelnd zu mir, stand auf und verließ das Atelier. Auf der Terrasse kam mir schwanzwedelnd unser jüngstes Familienmitglied entgegen. Mit großen Augen und einem furchtbar süßen Dackelblick sah sie mich an. Die Leine hielt sie in ihrer kleinen Schnauze. Als sie dann noch ihren Kopf schräg legte, war ich schachmatt gesetzt. „Also gut, Nelly, aber nur eine kleine Runde um den Götzenberg."

Kurze Zeit später sprang unser kleiner Langhaardackel aus dem Auto. Die Nase am Boden, schien sie das Gras hier regelrecht zu durchpflügen. Ich hatte meine liebe Not, meinem flinken Teppichporsche zu folgen. Der Götzenberg war ursprünglich ein Weinberg gewesen und dementsprechend steil. Völlig außer Puste, setzte ich mich auf halber Höhe unter unseren alten Apfelbaum ins Gras. Nelly interessierte sich für ein Karnickelloch in meiner Nähe. In meinem Kopf hallten immer noch Joachims Schläge: „Mord, Mord, Mord ..."

Krampfhaft schüttelte ich den Kopf, als hoffte ich, damit alle unnötigen Gedanken loszuwerden. Seufzend lehnte ich mich an den dicken Baumstamm. Sonnenstrahlen fielen durch seine dichte Krone. Ein Bussard kreiste schreiend darüber. Auf der gegenüberliegenden Seite, am Götzengrund, sah ich drei Rehe stehen. Da sollte ich wohl lieber einmal nach meinem Dackel sehen, doch so sehr ich mich nach ihm umsah – nichts.

„Nelly, Nelly, wo steckst du?", rief ich energisch. Doch nirgends raschelte oder wackelte es.

„Nelly!"

Da hörte ich ein dumpfes Bellen aus dem Berg.

„Das Kaninchenloch!", schoss es mir durch den Kopf. Und tatsächlich, der kleine Racker hatte sich das Loch größer gebuddelt, um schließlich darin zu verschwinden. Aber ich hatte ja unbedingt einen Dackel gewollt. Einen Hund mit Persönlichkeit eben. – Vielleicht etwas zu viel Persönlichkeit, für meinen Geschmack.

Ärgerlich legte ich mich auf den Boden und tastete in das dunkle Loch. Ich griff ins Leere. Nichts regte sich. Jede Sekunde mochte unserem Dackelmädchen etwas passieren ... Also stürzte ich in einem geradezu waghalsigen Tempo den Berg hinunter zu meinem Auto, schnappte mir die Taschenlampe, stürmte den steilen Buckel wieder hinauf – um völlig außer Atem am Kaninchenloch wieder anzukommen. Meine Schlappen hatte ich irgendwo auf halber Strecke verloren.

Im Kaninchenbau hörte ich meinen Dackel immer noch aufgeregt bellen.

Ich warf mich erneut auf den Boden und versuchte, mit der Taschenlampe Licht ins Dunkel zu bringen.

Der Bau war wirklich groß. Irritiert rieb ich mir die Augen. Vorsichtig leuchtete ich nochmals hinein. Dann verschlug es mir vollends den Atem. Bei dem, was ich da sah, handelte es sich um niemals das Werk von Kaninchen! Sicher huschte hier und da ein verschrecktes Karnickel durch den Lichtkegel. Von tief unter der Erde drang das Bellen meines eindeutig vergnügungssüchtigen Hundes zu mir, aber ... Nein – unmöglich! Ein Kaninchenbau war klein, dunkel und schmal und besaß vor allem keine Decken stützenden Steinsäulen. Vorsichtig setzte ich mich hin.

„Entweder du hast den Verstand verloren, Andrea, oder da sind wirklich Steinsäulen unter deinem Apfelbaum, die eine Decke tragen."

Nach einem erneuten Kopfschütteln torkelte ich den Abhang wieder hinunter, zog den alten Klappspaten (ein Überbleibsel von Joachims Buddelei) aus dem Kofferraum und schnaufte zum dritten Mal den Hang hinauf. Meine Kniescheibe drohte mit Streik. Während ich das Karnickelloch vergrößerte, versicherte ich mir immer wieder: „Ich tue das nur für meinen Hund ... Nicht wegen der Steinsäulen ... Ich tue das nur für meinen Hund ...“

Sobald das Loch groß genug war, kroch ich, Taschenlampe voraus, hinein. Tatsächlich: Unter meinem geliebten Apfelbaum befand sich ein riesiger Hohlraum, gestützt von großen Steinsäulen, die fest von den Wurzeln des Baumes umschlungen waren. Hier und da, wo sich die Deckenplatten gelöst hatten, drang schwach das Tageslicht durch die Grasnarbe. Ich erinnerte mich daran, wie wir als Kinder in die alten dunklen Hohlwege geklettert waren, um dort Verstecken zu spielen. Nicht nur die Naturschützer, vor allem wir Kinder waren unglücklich, als diese Wege zugeschüttet wurden, um neues Ackerland zu gewinnen. Ob das hier auch so ein zugeschütteter Rest war? Soviel ich wusste, verlief so ein Hohlweg etwas weiter rechts. – Oder war es eines der vielen „Lärmlöcher“, Verstecke aus dem Dreißigjährigen Krieg, die es hier noch zuhauf gab? Nach einem verschütteten Weinberghäuschen sah es jedenfalls nicht aus.

„Nelly?“, rief ich in die Höhle. Noch einmal schrie ich nach meinem Dackel ... und da hörte ich endlich sein munteres Bellen. Allerdings von draußen! Mühsam robbte ich rückwärts. Freudig begrüßte mich der kleine Racker, der mir mit der Zunge übers ganze Gesicht schleckte.

„Ihh, lass' das! Sag' mir lieber, wo du herkommst!“ Doch anstelle einer Antwort legte Nelly nur wieder ihren Kopf schräg und wedelte aufgeregt.

3

Etwa eine halbe Stunde später und von oben bis unten mit Lehm verschmiert, stand ich wieder in unserem Garten. Was würde Joachim sagen, wenn er mich so sah? Lautlos huschte ich am Gartenhäuschen vorbei. Immer noch klangen diese rhythmischen Schläge heraus, anklagend, fast wütend. Ich sank innerlich zusammen.

„Andrea, du spinnst“, sagte ich laut zu mir selbst.

„Wieso?“, meinte fragend eine Stimme hinter mir.

Ich schrie auf.

Im Gartenhäuschen fiel der Hammer auf den Boden. Auf dem Nachbargrundstück fingen die Gardinen an zu wackeln. Ein Fenster wurde leise geöffnet. Erschrocken drehte ich mich zu der Stimme um.

„Puh! – Nur ein Kriminalbeamter kann einen so zu Tode erschrecken! Herr Blankenfels, sind Sie denn wahnsinnig?“

Anstelle einer Antwort grinste er mich nur an. In der rechten Hand hielt er eine Bäckertüte und schwenkte sie vor meinen Augen hin und her.

„Gäb’s vielleicht einen Kaffee dazu? Sie werden doch keinen Hilfe suchenden, unterbezahlten Beamten seinem ungewissen Schicksal überlassen?“

Während ich noch nach passender Antwort suchte, stürmte meine Freundin Emma plötzlich an mir vorbei: „Hi! Ich hab' sein Auto gesehen! Lasst euch nicht stören. Ich koche schon mal Kaffee." Auf der Terrasse drehte sie sich nochmal kurz um und meinte naserümpfend: „Und du beeilst dich, dass du unter die Dusche kommst. Aber rasch, ich platze vor Neugierde. Wenn er hier ist, dann war es also doch Mord. Ha, wusst' ich's doch."

Triumphierend drehte sie sich um und tippelte auf ihren High Heels in die Küche.

„Also, was den Kaffee betrifft, so danke ich Frau Hoffmann. – Wie habe ich das alles hier vermisst ...", meinte ein glücklich aussehender Blankenfels. Er verschwand, seine Bäckertüte schwingend, ebenfalls in Richtung Küche. Schnüffelnd verfolgt von meinem kleinen, verfressenen Dackel.

Im Gartenhäuschen wurde wieder gehämmert und auf dem Nachbargrundstück schloss sich das Fenster. Im Moment gab es nichts mehr zu belauschen. Ich konnte getrost unter die Dusche gehen.

„Und? Haben Sie mich vermisst?", begrüßte mich Blankenfels lächelnd.

„Mmmh", grummelte ich verlegen, rutschte unruhig auf dem Küchenstuhl umher und inspizierte neugierig den Inhalt der Tüte.

„Keine Schneckennudeln?", fragte ich enttäuscht.

„Gab es leider nicht mehr. Aber die Brezeln sind frisch und duften richtig lecker. Die nette Verkäuferin gab mir aber zu verstehen, dass sie sich darum kümmern werde, in nächster Zeit genügend Schneckennudeln zu bevorraten."

Emma schaute mich gereizt an und ihre Augen funkelten. „Könnt ihr bitte dieses unnütze Gerede lassen und endlich zur Sache kommen? Mir verrät der Herr Kommissar ja doch nichts. Also frag' ihn bitte nach dem Grund seines Besuches. Und Sie, lieber Herr Blankenfels, behaupten jetzt bitte nicht, Sie wollten nur mit Andrea einmal wieder eine Tasse Kaffee trinken."

Emma blickte ihn mit zusammengekniffenen Augen an. Sie sah aus wie eine Katze, die vor einem Mauseloch auf der Lauer lag. Blankenfels seufzte. „Die Obduktion des alten Herrn Richter hat ergeben, dass der Mann nicht an Herzversagen gestorben ist."

Emma strahlte über das ganze Gesicht. In meinem Kopf dagegen fing es an zu rumoren.

„Ihre Pathologen haben sich sicherlich geirrt. Wir hatten letztes Jahr den Mord im Weinkeller. Das reicht laut Statistik für die nächsten fünfzig Jahre."

Emma schien das anders zu sehen: „War es Gift im Likör?" Sie platzte vor Neugierde.

Blankenfels löste seine Krawatte. „Ja, ein schnell wirkendes. Welches genau, konnten wir bisher aber leider noch nicht feststellen. Auch können wir nur vermuten, dass es über den Likör in den Körper gelangte. In der Likörflasche befand sich auf jeden Fall keines. Da war nur reiner Walnusslikör drin."

„Was ist mit dem Glas?", wollte Emma wissen.

„Irgendeine der anwesenden Hausfrauen war so fleißig gewesen und hatte die Gläser unverzüglich gespült, poliert und in die Vitrine zurückgestellt." Auf Blankenfels Stirn zeigte sich eine Zornesfalte. Er sah damit richtig süß aus.

„Na ja, wer denkt bei so etwas schon sofort an Mord und ruft gleich die Spurensicherung", versuchte Emma zaghaft zu erklären.

„Das verstehe ich ja. Aber wenn jemand vor meinen Augen tot umfällt, während gerade noch auf seine Gesundheit und ein langes Leben angestoßen wurde – da habe ich doch Besseres zu tun als Geschirr zu spülen und aufzuräumen ..."

Blankenfels brauchte dringend noch einen Kaffee. In meinem Kopf formten sich ungewollt Wörter zu einem Satz, den ich dummerweise auch aussprach: „Es sei denn, es wollte jemand Spuren verwischen."

Emma schaute sensationslustig drein; Blankenfels nickte kurz und meinte leise: „Zumal ein Likörglas fehlt."

Wie ein Stromschlag trafen mich Hitzewallungen. Mein schlechtes Gewissen regte sich.

„Geht es Ihnen nicht gut?", fragte Blankenfels besorgt. Vorsichtig fasste er nach meiner Hand.

„Das Glas ...", stotterte ich.

„Sie haben es doch nicht etwa kaputt gemacht?", beendete Blankenfels meinen Gefühlsausbruch. „Sie werden in der Hölle dafür schmoren. Denn diese Nichte, ach, wie hieß sie noch ..." Rasch blätterte er in seinem Notizblock. „Hier, Manuela Körner. Sie hat geflucht wie ein Rohrspatz. Milde ausgedrückt. Sie klärte mich gleich darüber auf, dass nach dem Tode des Onkels ihr ganz allein die Likörgläser zustünden. Erbstücke, böhmische Glaskunst und zur Hölle mit dem Dieb ... Ja, so ungefähr waren ihre Worte, die sie immer wiederholte. Es wundert mich, dass sie die Gläser überhaupt noch in die Vitrine gestellt hat. Als unverschämte Einmischung empfand sie das, als ich sie darauf ansprach. Als ich auch noch nach dem Verbleib der Geburtstagsgeschenke fragte, hätte sie mich sicher am liebsten erdrosselt."

„Logisch, die hatte sie ja auch bereits zur Seite geschafft", bemerkte Emma spitz.

Ich sah erst sie und dann Blankenfels an. Holte tief Luft und versuchte es nochmals: „Das Likörglas, das habe ich." So, jetzt war es heraus. Wie hatte ich das die ganze Zeit über nur vergessen können? Hoffentlich unterstellte mir der Kommissar jetzt nicht Unterschlagung von Beweismitteln. Bei seinem Gesichtsausdruck schien das schon möglich.

„Wo?" Blankenfels erhob sich.

„In meiner Jackentasche, glaube ich. In dem ganzen Tumult habe ich es genommen und – warum auch immer – eingesteckt."

„Und warum sitzt du dann noch so ruhig da und holst dieses blöde Glas nicht her?", fragte Emma barsch.

„Oh, ja. Klar!" Ich sauste nach oben ins Schlafzimmer und wieder hinunter.

„Hier." Aufgeregt legte ich die Jacke vor Blankenfels auf den Tisch. „Das Glas ist in der linken Tasche. Dort, wo nun der große braune Fleck ist."

„Das wird die raffgierige Erbin freuen“, brummte er.

„Ja, und Sie etwa nicht?“, fragte ich ihn irritiert. „Zugegeben, der Rest des Walnusslikörs befindet sich nun im Stoff meiner Jacke, aber ihre Fachleute im Labor werden doch da bestimmt fündig.“

„Was sollen die denn mit deinem Glas?“ Emma schüttelte den Kopf. Sie hatte es immer noch nicht begriffen.

„Das ist das Glas vom alten Herrn Richter! Ich habe es aufgehoben und dann, wie gesagt, im Tumult, irgendwie automatisch in die Tasche gepackt.“

Blankenfels schnappte sich meine schöne Leinenjacke und eilte hinaus zu seinem Wagen. Ein tiefer Schmerz durchfuhr mich unvermittelt: Ich würde meine Jacke wohl nie mehr wiedersehen. Sie war neu, nur zweimal getragen. Einmal an Fronleichnam und an besagtem Geburtstag. Sie war ein Schnäppchen gewesen. Mein Herz blutete still.

4

„Gibt es schon was Neues, Frau Leuchte?“

„War es also doch Mord?“

„Ich habe gehört, dieser charmante Inspektor war wieder bei Ihnen?“

„Ich habe gesehen, wie er wieder in der Bäckerei war. Hat wohl wieder Schneckennudeln gekauft.“

Erschrocken über solche Begrüßungen blieb ich wie erstarrt in der Tür zum Wartezimmer unserer Dorfarztpraxis stehen.

„Ich sag’s ja immer: Diese Pfarrköchin, die ist mir zu scheinheilig. Was soll da auch rauskommen, wenn eine ledige Frau in diesem Alter mit einem Mann unter einem Dach wohnt? Na, mir kann es ja egal sein. Ich bin evangelisch. Aber man macht sich doch so seine Gedanken“, zischte es aus einer anderen Ecke des Wartezimmers.

„Also, ich finde die Pfarrköchin ganz nett. Was ich von dem alten Richter nicht gerade sagen kann. Ein Eigenbrötler war der. Weshalb sollte Frau Sailer ihn umbringen? Wäre doch schade um den leckeren Likör“, kam es aus der nächsten Ecke.

Leise schloss ich die Türe hinter mir und setzte mich. „Um den köstlichen Walnusslikör war es wirklich schade, das muss ich zugeben, aber was den alten Richter betrifft, man soll ja nicht schlecht über die Toten reden, hat der Pfarrer immer gesagt, aber mir fehlt der Typ wirklich nicht", kam es wieder aus der evangelischen Ecke.

„Jaja, kein Mensch ist unfehlbar. – Aber nochmal zurück zur Pfarrköchin: Weshalb sollte sie ihn umgebracht haben. Ob es überhaupt ein Mord war, ist ja gar nicht bestätigt. Das scheint mir doch alles unnötiger Dorfklatsch zu sein", meinte ein älterer Herr.

„Also, ich habe mitbekommen, wie seine Nichte, die Erika, dem Arzt draußen erzählt hat, dass ihr Onkel der Meinung sei, man wollte ihn vergiften", erzählte ganz aufgeregt die alte Frau Pfeil. „Ich sehe vielleicht nicht mehr gut, aber meine Ohren sind noch ganz die alten", gab sie zu verstehen.

Wieso, durchfuhr es mich, sollte jemand den alten Herrn Richter überhaupt umbringen wollen! Ich spitzte die Ohren. „Ich weiß ja nicht, ob es stimmt, aber er soll alles der Kirche vermacht haben und bei den klammen Kassen zur Zeit ..."

„Mir hat man erzählt, er habe die Pfarrköchin mit dem Pfarrer in einer brisanten Situation erwischt. Er soll es nach Freiburg gemeldet haben!"

„Ach was, das glaube ich nicht. So oft, wie der selbst bei der Sailer war ... da hatte der alte Knabe höchstens selbst ein Auge auf die Sailer geworfen", brummte ein Mann gelangweilt.

„Für euch scheint es wohl eine Art von Sündenfall im Pfarrhaus zu geben", warf eine jüngere Frau ein. „Heutzutage ist das doch alles kein Thema mehr. Abgesehen davon, es wäre doch nicht der erste Pfarrer, der seine Gene in Sickingen vererbt. Wenn ihr mich fragt, dann geht es hier vielmehr um Unterschlagung. Jawohl! Wer von uns weiß schon, wo das ganze Geld aus dem Klingelbeutel hingeht! Die ganzen Spendengelder ...“

„Nein, da liegst du falsch, Anna. Auf unseren Pfarrer lasse ich nichts kommen. Der Mann ist viel zu korrekt.“

„Genau, Liesel, da gebe ich dir recht. Und abgesehen davon: Bei dem mageren Klingelbeutel rentiert sich eine Unterschlagung doch überhaupt nicht.“

„Was wird eigentlich aus einer Pfarrköchin, wenn ihr Pfarrer stirbt? Oder wenn sie zu alt zum Arbeiten ist? Schließlich braucht sie dann eine neue Bleibe. Kinder hat sie ja im Regelfall nicht ...“

Betretenes Schweigen brach über das Wartezimmer herein. Leider kam in diesem Moment eine Arzthelferin, um die nächsten Patienten aufzurufen. Wo es doch gerade so interessant geworden war! Ob ich es wohl wagen konnte, ganz dezent nachzufragen, wer denn die Ableger der Geistlichkeit im Ort seien? Oder würde diese Frage nur zu weiteren Mordtheorien führen? Auf jeden Fall tat mir die arme Frau Sailer leid. Nur zu gut wusste ich, wie es war, wenn der ganze Ort jemanden für einen Mörder hielt. Damals war es mein Mann gewesen. So was ist wirklich nicht gerade angenehm.

„Frau Leuchte, Sie haben noch gar nicht erzählt, was der Kommissar denn bei Ihnen wollte“, klang es zu mir herüber.

Oh verdammt, sie hatten mich also doch nicht vergessen. „Frau Leuchte, Ihr Rezept“, rief es von der Tür. Die Arzthelferinnen waren alle miteinander schon immer sehr freundlich gewesen, aber heute waren sie die reinsten Engel – jedenfalls für mich.

„Danke.“ Glücklich nahm ich das Rezept entgegen. „Dann muss ich mal wieder. Tut mir leid, das Mittagessen wartet“, bemerkte ich und verschwand schleunigst.

In der Apotheke traf ich eine blasse, völlig niedergeschlagen wirkende Ilona Sailer. Die Tablettenschachtel, welche die Apothekerin ihr gab, war ein Beruhigungsmittel. Die Arme, dachte ich. Unsicher sah sie mich an. Vermutlich überlegte sie, wie ich wohl zu ihr und dem Gerede im Ort stand.

„Hallo, Frau Sailer. Sie sehen ja gar nicht gut aus“, begrüßte ich sie rasch.

Ein schwaches Lächeln huschte über ihr Gesicht. „Ach, wenn Sie wüssten“, seufzte sie nur. Sie kramte in ihrer Handtasche und zog ein überdimensionales Taschentuch heraus. Solch ein Unikum hatte ich das letzte Mal vor mehr als 30 Jahren bei meinem Großvater gesehen. „Die Welt ist schlecht, Frau Leuchte. Aber wem sage ich das? Ich weiß jetzt, wie Ihr Mann sich gefühlt haben muss, als man ihm den Mord an Gerlinde Neubauer in die Schuhe geschoben hatte. Schrecklich, einfach schrecklich.“

„Oh ja“, dachte ich still bei mir. Zu Frau Sailer sagte ich nur: „Das geht vorbei, glauben Sie mir. Wissen Sie was: Am besten, wir trinken heute Mittag einen Kaffee zusammen, und Sie schütten mal so richtig das Herz bei mir aus. Dann geht es Ihnen bestimmt gleich besser."

Sichtlich erfreut lächelte mich Frau Sailer an. „Dankeschön, aber bitte bei mir im Pfarrhaus. Nicht, dass die Leute denken, ich komme zu Ihnen, um ein Geständnis abzulegen." Sie warf ihren Kopf in den Nacken, lächelte sanft und verließ die Apotheke.

Gegen 15 Uhr stand ich wie abgemacht vor dem Hintereingang des Pfarrhauses. Frau Sailer hatte mich noch kurz zuhause angerufen und Instruktionen für mein Eintreffen im Pfarrhaus erteilt. Am Hintereingang stand ich deshalb, weil Frau Sailer Angst um meinen guten Ruf hatte. Ich sollte den Schleichweg vom Friedhofsparkplatz über die Gartenmauer nehmen, dann so schnell wie möglich entlang der Tannenhecke über den Rasen laufen und zur Hintertür huschen. Ehe ich atemlos an der Tür klingeln konnte, wurde sie von Frau Sailer bereits geöffnet.

„Kommen Sie bitte rasch rein", empfahl sie mir.

Als die Tür hinter mir leise ins Schloss fiel, lächelte sie mich erleichtert an. „Bitte halten Sie mich nicht für verrückt, Frau Leuchte, aber Sie wissen ja, wie das so ist."

Ein feiner Duft von Rosenwasser stieg mir in die Nase. Allerdings auch der weniger feine Duft von Hochprozentigem. Frau Sailer schien meine Gedanken zu erahnen. „Ich probiere gerade etwas Neues aus: Rosenlikör. Im Ort würde man es wohl anderes bezeichnen: als Teufelszeug, als Gift!" Sie seufzte und wischte ihre Hände an der karierten Schürze ab. „Wollen Sie von dem Wässerchen probieren?"

Eigentlich war ich ja auf eine Tasse Kaffee eingestellt, aber warum nicht? „Gerne", gab ich freudig zur Antwort und folgte ihr, als sie in den Gewölbekeller des Pfarrhauses hinabstieg. Der Keller war nicht groß, aber er war erstaunlich breit und ganz weiß getüncht. Ich hatte bis dato noch nie einen weiß getünchten Gewölbekeller gesehen. Eigentlich schade, er wirkte dadurch steril, überhaupt nicht romantisch. An den Wänden standen Regale, ebenfalls weiß gestrichen. Auf den Brettern lagerten Flaschen, Kartoffeln, Obst und mancherlei anderes. In dem klinischen Weiß stach mir eine kleine braune Türe ins Auge.

„Wo führt die denn hin?", wollte ich neugierig wissen.

„In meine Giftkammer", gab mir Frau Sailer trocken zur Antwort. – „Quatsch, das ist der Durchgang zum alten Sickinger Eiskeller."

Die Tür ließ sich erstaunlich leicht öffnen. Sie quietschte nicht einmal – ich war beinahe enttäuscht. Ich folgte ihr in einen hohen, quadratischen Raum, ganz aus behauenem Sandstein, naturbelassen. Der Boden war aus Lehm, festgetreten in Jahrhunderten. Tageslicht fiel durch die schmale verglaste Öffnungen an den Wänden. Unter einem dieser Fenster stand ein alter Eichentisch. Biedermeier.

„Seit ich einmal eine Flasche Korn in der Küche verschüttet habe und es tagelang danach im ganzen Pfarrhaus wie in einer Kneipe roch, setze ich meine Liköre hier unten an. Außer einer Maus oder ein paar Spinnen verirrt sich niemand hierher."

Spinnen, Maus. Kalt lief es mir den Rücken herunter.

„Den Likör stelle ich, wenn nötig, weiterhin oben in das Küchenfenster in die Sonne. Dann fülle ich ihn hier unten in Flaschen ab und lagere ihn auch hier. Die Temperatur ist das ganze Jahr über konstant."

Sie ging an ein Regal und holte eine Flasche hervor. Zu meinem Erstaunen war es ziemlich gut mit Flaschen bestückt.

„Weiß jemand von diesem Keller?", wollte ich wissen.

„Die älteren Sickinger bestimmt. Davon, dass ich ihn auch nutze, bestimmt nicht. – Ich weiß, was Sie jetzt denken, aber es gibt nur den Zugang über das Pfarrhaus. Der andere ist schon seit Jahren zugemauert, und der dritte führt direkt rüber zur Kirche in die Gruft. Und die Gruft ist ja, wie Sie wissen, über die Kirche nicht mehr erreichbar."

Mit aufgerissenen Augen sah ich die Pfarrköchin an. „Zur Gruft? Ich denke, in die kommt man überhaupt nicht mehr hinein?"

„Im Grunde haben Sie recht. Nun, es sei denn, man weiß von dem Gang, der sich hinter dieser Tür befindet. Wollen Sie mal reinschauen? Dann muss ich nur schnell zwei Taschenlampen holen", meinte sie gelassen. Sie hielt den Besuch einer alten, zugemauerten Gruft wohl für einen Sonntagsspaziergang an der frischen Frühlingsluft!

„Ein andermal vielleicht", hauchte ich ängstlich. In meinem Kopf jagte eine wilde Idee die nächste. Vielleicht lagen in der Gruft inzwischen mehr Leichen als bei ihrer Schließung dokumentiert. Es ist nicht immer gut, alles zu wissen.

Frau Sailer stand schmunzelnd vor mir. „Ein Likörchen? Keine Angst, er ist nicht vergiftet. Ich probiere zuerst."

Dieser Rosenlikör war wirklich etwas Feines. Rosen sind nur für Blumensträuße eindeutig zu schade. Auch der Mandellikör, den wir anschließend goutierten, war ganz nach meinem Geschmack. Der Zwetschgen-Sahne war mir dagegen etwas zu süß. Ebenso der Aprikosenlikör. Aber Frau Sailer versicherte mir, dass er zusammen mit einem frischen Secco oder Sekt erfrischend und belebend wirke.

Der Waldmeisterlikör explodierte förmlich an meinem Gaumen. Meine Geschmacksnerven jubelten. Der braune, fast schwarze Walnusslikör lief ölig meine Kehle hinunter.

Und zum ersten Mal in meinem Leben trank ich Quittenlikör! Phänomenal. Die süßen Himbeer- und Brombeerliköre waren zwar schön kräftig in der Farbe, aber dennoch erschienen auch sie mir zu süß.

Während ich gegen den bittersüßen Schlehenduft im Frühjahr allergisch mit Heuschnupfen reagierte, so war der Likör aus dieser Frucht die reinste Medizin und Labsal für meine Seele.

Äpfel des Winterrambur hingegen waren die Grundlage für den Apfellikör, gewürzt mit etwas Zimt, Nelken und Koriander. Den würde ich mir von Frau Sailer zu Weihnachten wünschen.

Oder vielleicht doch ihren Gewürzlikör aus acht verschiedenen Gewürzen? – Die Variation Winterkräuterlikör schmeckte mir noch besser. Er würde sich besonders gut nach dem Weihnachtsessen mit einer fetten Gans machen. Oder vorab als Aperitif.

Der Kümmellikör wäre wohl eher etwas für Joachim. Mir mundete der Kräuterlikör nach Apothekerart da schon eher.

Frau Sailers Honiglikör erinnerte mich an den Bärenfang, den meine aus Ostpreußen stammende Großmutter immer angesetzt hatte. Er schmeckte nach Sonne, Weite und Heimat. Ja, daran konnte ich mich noch gut erinnern. An etwas anderes allerdings leider nicht mehr: Nämlich wie und wann ich nach Hause kam. Lediglich ein paar Wortfetzen kreisten am nächsten Morgen durch meinen schweren Kopf. Immer wieder hallte das Wort „exkommunizieren" in der Stimmlage unseres lieben Herrn Pfarrer Treulich durch den Nebel.

„Sie haben wohl ausprobiert, ob der gesamte Likörbestand der Pfarrköchin vergiftet ist?", wollte Inspektor Blankenfels am Telefon wissen.

„Ich wünschte, er wäre es gewesen, dann wäre ich jetzt tot und müsste nicht so entsetzlich leiden ..."

Hörte ich da etwa ein leises Kichern am anderen Ende der Leitung? „Wenn Sie solch eine kriminalistische Untersuchung das nächste Mal durchführen, muss ich Sie ernsthaft bitten, mich mitzunehmen."

Diesmal hörte ich sein Gelächter deutlich.

5

Ein schlanker, hoher Blütenstängel. Nicht hohl wie dies bei der aus Südamerika stammenden Amaryllis der Fall ist. Bis zu zwölf feine, kleine, stark duftende Blüten. Herkunft Südafrika. Während die allgemein bekannte Amaryllis um die Weihnachtszeit blüht (außer bei mir), so blüht die Belladonnalilie im Frühsommer. Als ich im Lexikon weiterlas, stieß ich auf Folgendes: „... die Extrakte wurden früher als Pfeilgift verwendet“. Ein Stück weiter unten fielen mir die Worte „Atemlähmung“ und „Tod“ ins Auge.

Da hat sich wohl jemand nicht mit dem guten, alten Arsen zufrieden gegeben. Pfeilgift! Das war wirklich exotisch für unsere Breitengrade. Belladonnalilie ... Wie das schon klang. Wahnsinn. Ich war schwer beeindruckt. Vielleicht sollte ich nach einem Botaniker als Mörder suchen. Ob man als normales Mitglied des Oberderdinger Obst- und Gartenbauvereins über solche Pflanzen und ihre Verwendung Bescheid wusste? Und womöglich bei Bedarf das Wissen auch anwandte? Wie viele Mitglieder (und somit Hauptverdächtige) wohl der Obst- und Gartenbauverein hatte?

„Ach du Schreck!“, rief ich beim Blick auf die Uhr. „Gleich halb zwölf. Jetzt muss ich mich aber beeilen und die Kinder abholen!“

Rasch zog ich meine Schuhe an und lief den Senselberg in Richtung Wasserschloss hinunter. Im Park grünte und blühte es eifrig. Vom Kohlbach her war wildes Entengeschnatter zu vernehmen. Unter der Brücke schwammen einige Wild- und Hausenten. Ihre innere Uhr sagte ihnen wohl, dass die ersten Kindergartenkinder nahten, um einmal mehr ihre ungefutterten Pausenbrote zu verfüttern. Hinter dem Kindergarten lag die Stielwiese, ein kleines, bezauberndes Plätzchen.

„Hallo Frau Leuchte. Schönes Wetter heute!“, rief mir Frau Hirsch aus einem der Gärtchen dort entgegen.

„Hoffentlich bleibt es auch so. Was macht denn Ihr Garten?“, entgegnete ich, einem kleinen Schwätzchen nicht abgeneigt.

Frau Hirsch bückte sich und zog einige „Eiszapfen“ aus dem Boden. „Hier, für Ihre Kleinen. Die essen sie doch so gerne.“ Freundlich streckte sie mir einen Bund frischer weißer Radieschen entgegen.

„Dankeschön.“ Ich sah schon ein kerniges frisches Bauernbrot mit Butter und den Eiszapfen als Abendbrot vor mir. „Wie schön es in Ihrem Garten schon blüht.“

„Das finde ich auch. Hier im Schatten sind noch die letzten Tulpen, und da schon die ersten Rosen. Wie finden Sie meine Iris?“ Die alte Dame geriet ins Schwärmen.

„Einfach herrlich, wie sie duften“, bemerkte ich.

„Was sagen Sie dann erst zu dem Duft dieser Blüte?“ Vorsichtig schnitt sie mir eine Blume mit einem langen Stängel und weißen, filigranen, trompetenförmigen Blüten ab.

Mir stockte der Atem. War das etwa ...?

„Aber das ist doch ... Wie heißt sie noch mal?“, stotterte ich. Der Duft raubte mir den Atem.

„Oh, das weiß ich leider nicht, wie diese Blume heißt. Ich habe sie einst zu meiner Hochzeit bekommen. Seitdem hege und pflege ich sie.“

„Zu Ihrer Hochzeit? Das sind ja schon ein paar Jahre.“ Ich für mein Teil war froh, wenn bei mir eine Blume die Saison überhaupt überlebte. Mein grüner Daumen war nicht besonders ausgeprägt.

„In diesem Jahr wären es 62 Jahre geworden“, flüsterte sie und ihre Wangen leuchteten rosig wie bei einem jungen Mädchen. „Leider sind es aber auch schon 38, seit ich Witwe bin.“ Verträumt roch sie an der Blüte.

„Von wem haben Sie die Blume denn geschenkt bekommen?“ Die nette Frau Hirsch konnte ich mir unmöglich als Produzentin von Pfeilgift vorstellen.

„Der Vater des verstorbenen Herrn Richter hat sie mir geschenkt“, gab sie mir bereitwillig zur Auskunft. Das wollte ich eigentlich nicht hören.

„Mama, Mama, wann holst du uns endlich?“, kreischte es aus dem Kindergarten. Meine ungeduldigen Kinder standen in der Kindergartentür und versuchten, sich von Sybille Feger loszureißen. Doch diese hielt sie tapfer fest. Meine beiden Mädchen waren – im Gegensatz zu ihrem Bruder – als Ausbrecherköniginnen bekannt.

„Ich komme ja! – Danke nochmals, Frau Hirsch.“ Ich schwenkte den Bund knackiger Radieschen zum Abschied.

Die Enten auf dem Kohlbach mussten heute auf ihre Brotkrumen verzichten, jedenfalls was meine Sprösslinge anbetraf. Ich wollte schleunigst heim. Da half auch kein Protest seitens der Minis.

Im Lexikon „Der fleißige Gärtner" war die Belladonnalilie leider nur mit einer Schwarz-Weiß-Zeichnung abgebildet. Blankenfels konnte mir bestimmt ein Foto oder etwas anderes mailen. Bereits am Nachmittag hatte ich das gewünschte Bild. Ich nahm es mit und begab mich zurück zum Gartenzaun von Frau Hirsch.

„Schön, diese Blumen, nicht war?", fragte Corinna, die ebenfalls ihre Kinder in den Kindergarten brachte. „Ich freue mich immer, wenn meine Schwiegermutter mir eine schenkt. Die duftet dann im ganzen Haus."

Mein Mund stand staunend offen. „Deine Schwiegermutter? Das ist aber nicht zufällig Frau Hirsch?"

Corinna lachte: „Nein, wie kommst du darauf? Leonie Lingenfelser ist meine Schwiegermutter. Wohnt in dem süßen kleinen Haus beim Kastanienbaum."

Noch ein Garten, in dem diese mörderische Pflanze wuchs! „Woher hat deine Schwiegermutter die Lilie?", fragte ich hoffnungsvoll.

„Keine Ahnung, aber ich kann sie bei Gelegenheit einmal fragen. Die schönsten findest du allerdings im Pfarrgarten."

Mein Kopf begann zu schmerzen. Ich fühlte mich auf einmal müde.

Zu meinem Erstaunen hatte ich die betreffende Lilie mittlerweile in sieben weiteren Gärten in Flehingen und

Sickingen entdeckt – ganz nebenbei erwähnt auch im Garten meiner Mutter. Ich strich sie aber sogleich von der Verdächtigenliste. Die Belladonnalilie schien sich demnach einer großen Beliebtheit im Ort zu erfreuen. Wie es wohl in den Nachbarortschaften aussah, in Zaisenhausen oder Gochsheim? Sollte ich nachprüfen, ob die Richters dort Verwandtschaft hatten ... und somit potenzielle Blumenliebhaber von exotischen Pflanzen vorzufinden waren?

„Wenn mich meine Nase nicht täuscht, werden wir sie auch hier auf dem Sickinger Friedhof finden", meinte ich zu Blankenfels. Ich schnupperte den Friedhofsweg entlang, blieb abrupt vor einem Grab stehen und zeigte dem erstaunten Ordnungshüter stolz meine Entdeckung. „Bitteschön. Die Belladonnalilie. In voller Blüte."

Blankenfels runzelte seine Stirn. „Wie kann das sein? Meiner Recherche nach stammt die Pflanze aus Südafrika. Ist es für sie doch hier eigentlich zu kalt."

„Ja, das stimmt, aber nur im Winter. Deshalb muss man die Knolle beizeiten im Herbst ausgraben und sie trocken im Haus überwintern. Tut man das nicht, oder setzt man sie zu früh im Frühjahr, dann ist die Blume futsch. Was ärgerlich ist, denn im Gartencenter kann man sie nicht kaufen. Das habe ich überprüft."

Blankenfels stöhnte auf. „Wie viele mag es hier sonst noch geben?"

Abermals schnuffelte ich wie ein Jagdhund. „Keine. Das war's."

„Sicher?“, fragte er ungläubig.

„Sicher. Der stark süßliche Duft löst bei mir Migräne aus. Glauben Sie mir, eine weitere Blume würde ich gegen den Wind riechen.“

„Also ich finde den Duft lieblich. Ich könnte ihn mir gut als ein Parfum vorstellen“, bemerkte Emma. „Kaum vorstellbar, dass aus einer so unscheinbaren Blume ein so hochwirksames Gift gewonnen wird. Furchtbar. Wer tut nur so etwas?“

„Tja, das ist die Frage aller Fragen“, brummte Blankenfels und eilte zur kleinen Leichenhalle am anderen Ende des überschaubaren Friedhofes.

Die Anzahl der Trauergäste war eher bescheiden. Der alte Richter war zwar nicht gerade verhasst, aber auch nicht sehr beliebt gewesen. Von den einst sechs Geschwistern lebte nur noch die jüngste Schwester – Mina Richter. Sie war schon seit Jahren durch schweres Rheuma ans Bett gefesselt und konnte es ohne fremde Hilfe nicht mehr verlassen. Blankenfels zückte seinen Notizblock und sah uns auffordernd an.

Gehorsam begann ich aufzuzählen: „Da vorne links, der blonde Mann im schwarzen Armani, ist ein Neffe, Richard Richter. Nicht verheiratet, aber niemals alleine, wenn Sie verstehen, was ich meine. Er ist irgendetwas Höheres bei einer Computer-Firma in Heidelberg. Ihm ist es immer ganz wichtig, seine Visitenkärtchen unters Volk zu bringen. – Als Kind hat er mich dauernd an den Zöpfen gezogen. – Der daneben mit dem schwarzen Sakko und den Jeans ist sein Bruder Harald. Seines Zeichens Immobilienmakler. Wenn Sie mich fragen, hat der einigen Dreck am Stecken. Seine Firma ‚Nordwestbau' hat so manches krumme Ding mit der Gemeinde gedreht." Verächtlich sah ich den Typen an.

„Mir scheint, der hat Ihnen auch an den Zöpfen gezogen", frotzelte Blankenfels.

„Nein", gab ich beleidigt zurück, „viel schlimmer, er hat mir immer mein Pausenbrot weggenommen. Und das ist jetzt nicht witzig!", pfiff ich Blankenfels an, der sichtlich darum bemüht war, nicht zu lachen.

„Die Frau daneben kennen Sie ja", fuhr Emma fort. „Das ist seine Schwester Manuela Körner mit ihrem Mann Arndt. Die arme Sau." Emma seufzte und Blankenfels sah sie erstaunt an. „Ist doch wahr! Der Ärmste hat nichts zu melden. Das Einzige, was er darf, ist nach Manuelas Pfeife tanzen. Dabei ist er so ein lieber Kerl. Ich weiß nicht, was er an Manuela findet. Arndt hatte so eine süße Freundin, bis sich diese Manuela einbildete, ihn heiraten zu müssen. Ob Sie es glauben oder nicht, die hat nichts unversucht gelassen, bis sie ihn und seine Firma hatte. Alles!", giftete Emma.

Blankenfels, der neben uns beiden Platz genommen hatte, sah fragend zu mir herüber.

„Es stimmt: Wenn Manuela etwas will, dann bekommt sie es auch. Und mit Pausenbroten gibt die sich nicht ab", grollte ich. Blankenfels quittierte meine Bemerkung mit einem Röntgenblick in Richtung der Dame, zückte erneut sein Notizbuch und notierte etwas. Es war zwecklos, sein Gekritzel entziffern zu wollen. Nicht einmal ein Arzt hatte so eine Sauklaue.

„Das daneben, in dem unförmigen Sackkleid und dem schwarzen Kopftuch, ist das dann die andere Nichte?", wollte Blankenfels wissen.

„Ja", antwortete Emma, „ihres Zeichens die graue Maus vom Dienst. Erika ist eine Cousine der anderen drei. Im Gegensatz zu denen ist sie bescheiden, unauffällig ... und einschläfernd wie eine Schlaftablette." Der Rest der Trauergesellschaft bestand aus entfernten Verwandten und Nachbarn. Wie es eben hier im Ort so ist.

Pfarrer Treulich hielt eine rührende Grabrede, die ich leider nicht verstehen konnte. Denn Manuela war allzu sehr darum bemüht, ihrem Leid über den Tod ihres Onkels Ausdruck zu verleihen. Zeitweise übertönte ihr Gejammere und Geheule die Stimme unseres Pfarrers völlig. Bevor der Sarg zu Grabe getragen wurde, stahl ich mich leise davon. Da der Leichenschmaus im Weingut Rettinger stattfand und ich zum Bedienen eingeteilt war, musste ich vor der Trauergesellschaft den Friedhof verlassen.

Das Nebenzimmer war gerichtet. Hefezopf und belegte Brote standen auf den Tischen. Etwas später würde, wie üblich, noch Schnitzel mit Kartoffelsalat gereicht werden.

Kaum dass ich im Weingut angekommen war, stand auch schon Manuela in der Tür. „Einen Secco, aber schnell. Ich bin völlig erschöpft. Wie ich Beerdigungen hasse!"

Sie ließ sich auf einen Stuhl fallen, streifte achtlos ihre Pumps ab und legte die bloßen Füße hoch. Ich stellte eine volle Flasche vor ihr ab. Der Secco war eine Cuvée von

Riesling und Kerner. Fruchtig und kräftig im Geschmack, aber fein in der Struktur. So wie Manuela ihn jetzt hinunterkippte, schien sie der Qualität allerdings weniger Bedeutung beizumessen.

Zeitgleich erschienen die beiden Brüder. Richard begann sofort herumzumeckern. Der Hefezopf sei zu trocken. Und Schweineschnitzel würde er nicht anrühren, teilte er mir mit. Ich solle ihm bloß diese ordinären belegten Brote vom Tisch nehmen. Ein Rinderfilet sei wohl das Mindeste, was er verlangen könne. Er bestellte eine Rotwein-Cuvée aus dem Holzfass. Ziemlich sicher hatte er den Wein aufgrund des Preises ausgesucht. Niemand glaubte, dass dieser arrogante Schnösel Ahnung von guten Tropfen hatte. Mit hochgezogenen Augenbrauen quittierte er meinen Job als Bedienung.

„Wohl nichts Besseres gefunden, oder zu nichts anderem fähig?"

Ich schenkte mir eine Tasse Kaffee ein und verzog mich in ein stilles Eckchen im Hof. Ich hatte das Gefühl, etwas Ruhe könnte meinen Nerven gut tun.

„Ja, ein altes Sandsteingebäude ... nein, kein Fachwerk ... Abriss ... kein Problem ... Ein Mehrfamilienhaus ... Das mit der Gemeinde, das regle ich."

Neugierig schaute ich um die Ecke des Wintergartens. Es war Harald Richter, der dort, während er telefonierte, aufgeregt auf und ab ging. Er verschacherte wohl schon das Haus seines Onkels. Solch einen Leichenschmaus hatte ich wahrlich noch nicht erlebt. Ausgeruht ging ich wieder ins Nebenzimmer – um gerade noch rechtzeitig mitzubekommen, wie Richard seine Schwester Manuela beschuldigte, ihren alten Onkel umgebracht zu haben.

„Du spinnst ja wohl! Wieso gerade ich? Wegen seiner Rente? – “ Manuela sprühte vor Zorn.

„Was ist schon eine Rente gegen den ganzen Rest? Das Haus, die Äcker, der Weinberg, das Geld auf der Bank, die Münzsammlung“, begann Richard seelenruhig aufzuzählen.

„Ich hatte Onkel Josef sehr lieb. Jeden Tag habe ich ihm – von meinem Geld – eine Brezel zum Frühstück gebracht. Nicht wahr, Erika? Du stimmst mir doch zu? So hilf mir doch! Ich weiß, dass ich seine Lieblingsnichte war“, jammerte Manuela nicht gerade überzeugend.

„Sicher“, meinte Erika irritiert und zog sich auf dem Fuße in einen anderen Winkel der Gaststätte zurück.

„Wenn jemand den lieben Onkel Josef umgebracht hat, dann warst du es! Du bekommst doch deinen Hals nicht voll! Wie teuer kommt dich deine momentane Freundin eigentlich zu stehen?“, pfiff Manuela ihren Bruder an.

Der lachte höhnisch. „Und wie soll ich das angestellt haben, liebes Schwesterlein? Wie du weißt, war ich geschäftlich im Ausland. Und was meine Freundinnen angeht, da hast du sowieso keine Ahnung. Eine Diät würde dir übrigens ganz gut zu Gesicht stehen. Aber frag' doch mal deinen Mann, wo der war. Der liebe Onkel durfte ihm ja des Öfteren finanziell unter die Arme greifen. Du lässt dem armen Kerl ja nichts von seinem Geld.“

Manuela wurde bleich, aber nur kurz. Dann lief sie hochrot an und schaute sich nach ihrem Mann um. Der

Ärmste saß einigermaßen erschrocken auf seinem Stuhl. „Das stimmt so nicht, was Richard da sagt. Dein Onkel hat mir lediglich hin und wieder etwas Geld für Zigaretten zugesteckt." Arndt schien sich nach einem Mauseloch zu sehnen.

„Oh, ihr seid gerade dabei, euch gegenseitig umzubringen? Schön, so bleibt mehr für mich übrig", meinte Richard kaltschnäuzig, als er in diesem brisanten Moment ins Nebenzimmer zurückkehrte.

„Das würde dir so passen", fauchte Manuela. „Ich werd' schon dafür sorgen, dass ich meinen Teil bekomme!"

„Ja, wie denn? Willst du mich auch vergiften?", fragte Harald gelassen. „Das Haus bekomme ich. Als Immobilienmakler bin ich sowieso der Einzige, der damit etwas anfangen kann. Den Rest könnt ihr haben. Abgesehen vom Ackerland, da bestehe ich auf meinem Anteil."

„Nichts da! Damit du das Haus an die Gemeinde verschacherst, die es dann abreißen lässt! Da wird das Denkmalamt noch etwas mitzureden haben!", rief Erika empört aus ihrer Ecke.

Haralds kalter, geringschätziger Blick ließ sie sofort zusammenzucken. „Ich glaube kaum, dass du etwas zu melden hast, liebe Erika. Nur weil deine Mutter eine Blutsverwandte von uns ist? Hätte sie mal lieber nicht diesen dahergelaufenen Flüchtling geheiratet, von dem Vater ihr abgeraten hat."

„Jetzt ist gut, Harald! Lass' Erika in Ruhe. Jeder wird seinen Teil bekommen", meinte Richard, der meine Anwesenheit bemerkt hatte.

Der nächste Morgen begann ungewohnt kühl. Gemeinsam mit Blankenfels saß ich in der Küche.

„Nun, da werden die Erben aber enttäuscht sein“, gab er mir zu verstehen, nachdem ich ihm alles vom Leichenschmaus erzählt hatte. „Der Onkel hat nämlich ein Testament gemacht und alles, bis auf das Haus, seiner Schwester Mina als Alleinerbin hinterlassen.“

„Viel hat sie davon leider nicht. Sie verlässt das Haus ja nicht einmal mehr. Deshalb war sie auch nicht auf der Beerdigung“, merkte ich an.

„Dann kommt sie wohl als Mörderin ihres Bruders nicht in Frage“, meinte Blankenfels nachdenklich.

„Ich bitte Sie! Die beiden hatten für Außenstehende vielleicht ein merkwürdiges Verhältnis, aber in ihrer Verbitterung über das Leben als solches und alles und jeden schienen sie sich blendend zu verstehen. Es war enorm wichtig, den Schein zu wahren! Außerdem herrschen in dieser Familie wirklich feste Familienbande. Ich weiß nicht, wie ich Ihnen das erklären soll ... Meine Großmutter hat mir einmal Folgendes über die Familie Richter erzählt: Die Eltern hatten festgelegt, dass nur der Bruder vom alten Richter heiraten darf. Die Schwestern waren quasi dazu bestimmt, ihr Leben als Dienstmagd und Haushälterinnen für den Josef zu fristen. Als dann Erikas Mutter aufbegehrte und heiratete, war das Drama perfekt. So lange die Eltern lebten, durfte keines der Geschwister mehr mit ihr reden“, klärte ich Blankenfels auf.

„Das ist ja schlimmer als in Süditalien!“

„Richtig – und soviel ich weiß, hat auch nur die Mina, also die Tante, um die sich Erika kümmert, später wieder mit ihrer Schwester geredet."

Vorsichtig öffnete ich die Backofentür. Der Duft von warmen Apfelkuchen strömte vor und erfüllte die Küche.

„Mmh, was ist das?", fragte Blankenfels genüsslich.

„Das wird eine schwäbische Apfeltorte. Da kommt, sobald sie abgekühlt ist, noch eine Schicht Schlagsahne mit etwas Zimt drauf."

„Schwäbische Apfeltorte, hier im Badischen?", kam es grinsend aus seinem Mund.

„Wenn es um gutes Essen geht, sind wir absolut tolerant."

Stolz sah ich mein Werk der letzten Stunde an. Dass meine Küche wie ein Schlachtfeld aussah, ignorierte ich. Backen kann ja so meditativ sein.

In diese von positiver Energie erfüllte Situation platzte völlig außer Atem meine Freundin Emma. „Stellt euch vor, was ich eben erlebt habe! Zücken Sie schon mal Ihren Notizblock."

Blankenfels schob ihr galant einen Stuhl zurecht und schenkte ihr eine Tasse Kaffee ein.

„Keine Schneckennudeln heute?", fragte Emma ihn wirklich erstaunt. „Sie lassen nach. Aber egal. Hört mal, was ich eben in der Bank aufgeschnappt habe."

Emma beugte sich verschwörerisch über den Küchentisch und legte los: „Gerade als ich auf der Bank Geld holen wollte, brach ein Tumult am Nebenschalter aus, weil Manuela Körner die Sparbücher ihres toten Onkels einlösen wollte. Einen Tag nach der Beerdigung! Stellt euch das einmal vor! Sie hatte allerdings Pech.“ Zufrieden über unser ungläubiges Staunen lehnte sich Emma zurück.

„Wieso Pech?“, fragte ich.

„Einen Tag nach der Beerdigung konnte sie noch keinen Erbschein vorlegen. Und ohne den gibt es keine Moneten. Nicht einmal bei uns im Ort, wo jeder jeden kennt. Sie hat getobt wie eine Wilde. Die Sparbücher seien schließlich in ihrem Besitz und daher habe sie auch ein Anrecht auf das Geld. Das half ihr aber alles nichts. Sobald sie einen Erbschein vorlegen könne, hieß es, bekomme sie das Geld. Sie hat dann behauptet, die Vollmacht über die Konten zu haben, was ihr aber niemand geglaubt hat. Sie brummelte dann noch etwas von einer gebuchten Schiffsreise, die sie damit bezahlen wolle, und dass das alles eine Frechheit sei.“

Emma sah Blankenfels auffordernd an. „Da haben Sie doch jemanden mit einem Motiv. Die brauchte das Geld ihres Onkels! So eine Schiffsreise kostet ja keinen Pappenstiel. Ich war so nett und habe ihr mein Mitleid bekundet, als sie völlig aufgelöst vor der Bank stand. Was mir die dumme Kuh auch noch geglaubt hat. Als ich sie dann nach der Schiffsreise gefragt habe, antwortete sie, es sei schon alles gebucht und es gehe von Hamburg ‚ganz klassisch‘ mit dem Schiff nach New York. Dort wolle sie ein paar Tage shoppen gehen, es sei dort so günstig. Danach gehe es mit einem anderen Kreuzer in die Karibik, und weil sie sich im Anschluss akklimatisieren müsste, flöge sie von dort weiter auf die Kanaren. Mit dem Schiff fahre sie dann weiter nach Tunesien, Griechenland, Italien – und von Frankreich aus fliege sie dann mit dem Flugzeug heim. Das hätte sie sich jetzt nach all den Jahren verdient, in denen sie sich für ihren Onkel und ihre Ehe aufgeopfert habe. Ganz zu schweigen von den Ehrenämtern, die sie in der Gemeinde innehabe."

„Da hat sie ohne Erbschein aber wirklich Pech. Hinzu kommt noch, so wie ich vom Notar informiert wurde, dass die Alleinerbin ihre Tante Mina ist", erklärte Blankenfels.

„Bis auf das Haus", erinnerte ich ihn grinsend.

„Arme Manuela ... Wo sie doch gewohnt ist, immer alles zu bekommen", spöttelte Emma.

„Wenn Emma recht hat – mit dem Motiv, meine ich –, dann sollten Sie sich mal um die alte Dame kümmern. Nicht, dass auch ihr noch etwas zustößt", bat ich Blankenfels eindringlich. „Ich werde das Gefühl nicht los, dass der gefährlichste Platz auf der Welt bisweilen mitten in der Familie ist."

6

Joachim hatte eine Spur aus feinem Sandstaub im Haus hinterlassen. Seufzend folgte ich dieser mit meinem Staubsauger. Der Tag fing ja gut an.

„Kaffee bitte“, bat Blankenfels zerknirscht und legte eine große Bäckertüte auf den Tisch.

Blankenfels setzte sich in sich gekehrt auf einen Küchenstuhl und fuhr sich erschöpft durch seine schwarzen Locken. Seine starken Schultern sanken nach unten. „Sie ist tot!“

Ich brauchte ihn nicht zu fragen, um wen es sich handelte.

„Wann waren Sie bei ihr?“, brach ich das Schweigen.

„Vor etwa zwei Stunden. Ich war mit ihrer Nichte Erika verabredet. Wir fanden sie tot in ihrem Bett. Der Arzt ist sich noch nicht klar, ob sie erstickt oder an Herzversagen gestorben ist“, erzählte Blankenfels sichtlich berührt.

„Erstickt?“, hakte ich nach.

„Ja, sie hatte die Bettdecke über den Kopf gezogen.“

„Sie meinen bestimmt, jemand hat ihr die Bettdecke aufs Gesicht gedrückt“, verbesserte ich ihn.

„Nein, sie hat sich die Decke selber über den Kopf gezogen. Sie hielt sie in den Händen, wie ein Kind, das Angst bei Gewitter hat. Das muss bei ihren Schmerzen eine kolossale Anstrengung für die alte Dame gewesen sein. Ihre Nichte Erika meinte, sie habe dies von Zeit zu Zeit selbst getan, wenn es ihr zu hell im Raum war."

Es klang nicht überzeugend für mich.

„Was ist denn das für ein Gejammere?" Neugierig stand ich auf, um dem Geräusch nachzugehen.

„Was meinen Sie?" Blankenfels schien nichts zu hören.

„Na, dieses Gejammere. Wie kleine Katzen."

„Um Himmelswillen! Die hätte ich fast vergessen."

Blankenfels sprang vom Stuhl auf, um zur Terrasse zu laufen. Meine Kinder kamen ihm schon mit einem Karton entgegen.

„Schau Mami, das haben wir auf der Terrasse gefunden. Dürfen wir sie behalten? Bitte!" Drei Engel sahen mich flehend an. Mein Magen krampfte sich zusammen. Mein Verstand sagte „nein" ... und ich wusste bereits jetzt, dass ich „ja" sagen würde.

„Was ist da drin?"

„Drei süße kleine, getigerte Kätzchen. Stell' dir vor, Mami. Für jeden von uns eine!"

„Bitte, Mama. Wir wollen dann auch nichts zum Geburtstag."

„Und zu Weihnachten. Bitte! Bitte!"

„Ja, und was wird dann aus Nelly? Hunde und Katzen vertragen sich meistens nicht", versuchte ich Zeit zu gewinnen. Aber zu spät. Kaum stand der Karton auf dem Boden, sprang Nelly hinein. Beschnüffelte ausgiebig die kleinen putzigen Fellknäuel, um sie sodann ausgiebig abzuschlecken. Ich hätte wissen müssen, dass unser Dackel sich grundsätzlich nicht an das hielt, was ich sagte. Darin war er meinen Kindern ähnlich.

„Was haben Sie sich dabei gedacht?", funkelte ich Blankenfels an.

„Ich konnte doch diese kleinen, armen Dinger nicht bei der Toten zurücklassen. Und: Waren Sie schon einmal in einem Tierheim? Sie können doch nicht ernsthaft von mir verlangen, dass ich drei hilflose Kätzchen dort abgebe", entschuldigte er sich mit einem Dackelblick, den nicht einmal Nelly kopieren konnte.

„Moment mal. Was haben Sie da eben gesagt? Wo genau konnten Sie die Kätzchen nicht lassen?"

„Na, bei der toten Frau Richter." Blankenfels schien an meinem Verstand zu zweifeln.

Ungläubig sah ich ihn an. „Das ist nicht möglich. Diese Kätzchen können unmöglich von der alten Dame sein. Frau Richter hat Katzen gehasst wie die Pest. Sie wurde geradezu hysterisch, wenn eine Katze nur in ihrer Nähe auftauchte. Als sie noch fit war, hat sie Steine nach ihnen geworfen. Sie war früher sogar einmal angezeigt worden, weil sie Gift unter Katzenfutter mischte und das auf ihrem Grundstück aufstellte", erklärte ich Blankenfels. „Ich glaube, es waren drei Katzen, die daran starben ... einer vierten konnte vom Tierarzt geholfen werden. Verstehen Sie, es ist völlig unmöglich, Sie können diese Kätzchen nicht von Frau Richter haben."

„Doch, wirklich", versicherte Blankenfels mir.

„Wo wollen Sie die drei dort gefunden haben?"

„Auf dem Bett der alten Dame“, antworte Blankenfels nachdenklich.

Zu meinen Kinder gewandt, meinte ich: „Vorerst könnt ihr sie behalten. Geht mit ihnen aber bitte erst einmal raus auf die Terrasse und gebt ihnen etwas Milch.“

Überglücklich rannten die Kinder mit dem Karton und einer Schüssel Milch auf die Terrasse. Nelly schleckte die Milchspur auf, die sie hinter sich herzogen.

„Na, zumindestens einer, der ab und zu meinen Fußboden putzt“, dachte ich.

In der Zwischenzeit ging Blankenfels in der Küche auf und ab. „Sie sind also davon überzeugt, dass jemand die kleinen Kätzchen mit Absicht auf das Bett der alten Dame gesetzt hat?“, fragte er stirnrunzelnd.

„Ja, das glaube ich. Bedenken Sie, Frau Richter konnte sich kaum bewegen. Eine ältere Katze wäre allein von ihrem Geschrei vom Bett heruntergesprungen, vielleicht wäre die Katze noch im Zimmer geblieben, aber zumindest hätte sie sich außerhalb der Reichweite der alten Dame befunden. Wahrscheinlich sind die Kleinen vor lauter Neugierde in Richtung des Kopfes der alten Frau gekrabbelt und hatten die Ärmste in Angst und Schrecken versetzt. Frau Richter zieht sich vor lauter Angst die Decke über den Kopf und erstickt. Wenn sie nicht zuvor auf Grund einer Panikattacke sowieso einen Herzschlag bekommen hat.

„Aber das wäre, wie es der Jurist sagt, in Kauf genommene Tötung, also Mord. Und dazu noch geplant! Es wird wohl das Beste sein, wenn ich die Spurensicherung in das

Haus schicke. Wobei ich bezweifle, das jemand, der so raffiniert ist, verwertbare Spuren hinterlässt."

Blankenfels blieb vor dem Küchenfenster stehen, schob die geblümte Scheibengardine zur Seite und schaute in den Garten. „Mord also. Genial, einfach genial. Nur ... Wie soll man das beweisen?"

„Kann die Obduktion nicht klarstellen, ob sie erstickt oder an einem Herzanfall gestorben ist?"

Blankenfels nickte abwesend. Dann fragte er unvermittelt: „Wer weiß alles von dieser Katzenphobie?"

„Ach, nicht viele: die Nachbarschaft, alle Katzenbesitzer, der Tierarzt ... Ich befürchte, eigentlich der ganze Ort."

Blankenfels wirkte um Jahre gealtert.

7

Siedend heiß fiel mir eine Sache ein, die ich durch die Ereignisse völlig vergessen hatte. Ich schnappte meinen Dackel und fand mich kurze Zeit später auf dem Götzenberg wieder.

Ich hatte ja nicht die geringste Ahnung davon, wie befreiend so eine Buddelei im Freien sein kann. Zuerst vergrößerte ich den Eingang des Karnickelbaus. In kürzester Zeit klaffte ein großes Loch neben meinem alten Apfelbaum. Es war, nebenbei erwähnt, ein Brettacher, vorzüglich geeignet für Apfelkuchen. Die Karnickel fanden mein Eindringen in ihre Privatsphäre sicherlich alles andere als schön, entsprechend verschreckt huschten sie umher. Vorsichtig rutschte ich durch das Loch in die Höhle. Solange kein Traktor drüberfahren würde, erschien mir die Sache einigermaßen sicher; die Säulen hatten einige hundert – wenn nicht tausend – Jahre auf dem Buckel, weshalb sollten sie ausgerechnet jetzt umfallen?

Mit meiner leider etwas zu kleinen Taschenlampe versuchte ich Licht ins Dunkel zu bringen. Ob es hier auch einen Schatz zu finden gab? Vorsichtig zwängte ich mich an den mächtigen Wurzeln des Apfelbaumes vorbei an einer Sandsteinmauer entlang und schrie erschrocken auf, als ich plötzlich ins Antlitz eines Mannes blickte – eines nackten, wie ich bei genauerem Hinsehen feststellte. Aus Stein, gut anderthalb Meter groß. Mit römischen Göttern oder Helden kannte ich mich nicht gut aus, aber dieser hier machte einen ziemlich gewichtigen Eindruck auf mich. Vielleicht Herkules? Bei den Muskeln, die der da hatte ... Nicht ausgeschlossen.

Nun, hier war schon lange nicht mehr geputzt worden. Stellenweise war das Erdreich nachgerutscht, und Familie Kaninchen schien auch nicht gerade reinlich zu sein. Wie das stank! Unser Hund fand es allerdings klasse hier unten. Ein Abenteuerspielplatz ganz für ihn alleine.

Als wir beide endlich wieder draußen im Sonnenlicht standen, wusste ich nicht, wer dreckiger aussah: Ich oder Nelly. Am liebsten wäre sie wieder zurück in die Höhle gekrabbelt. „Ich weiß, du warst in deinem früheren Leben ein bedeutender Archäologe, meine Kleine, aber jetzt wird nicht mehr gebuddelt. So wie du aussiehst geht's erst einmal in die Badewanne."

Das Wort Badewanne hörte sie gar nicht gerne.

„Aber vorher muss ich noch rasch das Loch abdecken. Nicht, dass uns da noch jemand reinfällt und mir meinen Adonis klaut. Den habe ich zuerst gesehen! Dann besorgen wir uns etwas zum Abstützen der Decke – und vor allem eine größere Lichtquelle."

Zum Glück hatte der Nachbar seinen aufgehäuften Baumabschnitt noch nicht verbrannt. Kurze Zeit später war das Loch damit abgedeckt und mit altem Heu vom Vorjahr kaschiert. Solange niemand hinter dem mächtigen alten Apfelbaum herumstocherte, würde unsere Ausgrabungsstätte bestimmt nicht weiter auffallen.

„Wie siehst du denn aus?“, wollte Joachim wissen, als ich am Gartenhäuschen vorbeiging.

„Oh, äh, ja. Also Nelly ist mir abgehauen und da bin ich ihr durch das Gestrüpp den Rain hoch gefolgt“, stammelte ich unter Zuhilfenahme meines allerlieblichsten Augenaufschlags. Joachim schaute stirnrunzelnd erst mich und dann unseren Dackel an. Wie zur Bestätigung meiner Aussage setzte sich Nelly neben mich und legte ihren Kopf schief. Joachim musste lachen. Er kraulte sie hinter den Ohren, gab mir einen Kuss und verschwand wieder in seinem Atelier.

„Autsch. Jetzt habe ich ein schlechtes Gewissen. Aber danke für deine Hilfe“, flüsterte ich in Nellys süßes Dackelohr. „Dafür wirst du jetzt nicht gebadet. Das wäre ja sowieso zwecklos, weil ich heute noch einen weiteren Spaziergang mit dir machen will.“

Die nächste Stunde verbrachte ich damit, in Joachims alten Utensilien zu wühlen. Ich brauchte eine Grubenlampe, Körbe, Grabungsgerät, Sprieße zum Abstützen der Decke und Bretter. Immer wieder wurde ich dabei von meinem in der Zwischenzeit misstrauisch gewordenen Gatten gestört. Sollte ich alles liegen lassen und lieber bis morgen warten? Zu allem Überfluss kam jetzt auch noch Emma mit einem Stoß Zeitschriften bei mir vorbei. Ach herrje, ihre Hochzeitsvorbereitungen, das hatte ich ja ganz vergessen. Was nun?

„Dusche!", befahl Emma knapp. Ihr zorniger Blick verriet nichts Gutes. Also gehorchte ich und verschob die Verabredung mit meiner nackten Gottheit bis auf weiteres. Als ich aus der Dusche kam, saß Emma bereits mit meiner Nachbarin, Frau Braun, in der Küche, wo sonst.

„Du hast mir gar nicht erzählt, dass Frau Richter gestorben ist", warf mir Emma sogleich vor.

„Und der Kommissar war heute auch schon bei Ihrer Freundin", ereiferte sich Frau Braun.

Emma sah mich fassungslos an. „Wie bitte? Erzählst du mir überhaupt noch etwas?"

Frau Braun bekundete Emma ihr Verständnis darüber, wie hart es sein müsse, eine so verschlossene Freundin wie mich zu haben. Zu mir gewandt, meint sie: „Ich erfahre ja auch nie etwas. Bekomme ich dann rein zufällig etwas mit, werde ich gleich als Tratschbase dargestellt."

„Na, so was. Die Ärmste!", dachte ich.

„Nun, jetzt wisst ihr's. Können wir uns jetzt deiner Hochzeit widmen?", fragte ich zuckersüß mit leicht giftigem Unterton in der Stimme.

Frau Braun machte nicht die geringsten Anstalten, mich mit Emma alleine zu lassen. Sie rückte ihren Stuhl zurecht und schenkte sich eifrig Kaffee nach. Auch recht, so könnte sich Emma die ganzen Einladungen und Anzeigen sparen. Frau Braun würde sich bestimmt aufopfernd um das Verbreiten der Nachrichten kümmern.

„Wissen Sie eigentlich, dass man der Pfarrköchin drei ihrer fünf Katzenbabys gestohlen hat? Kleine, süße Dinger waren das. Genauso niedlich wie die drei, die der

Kommissar Ihren Kinder mitgebracht hat", bemerkte Frau Braun noch rasch und hoffte wohl, mich damit aus der Reserve zu locken.

Woher wusste sie das schon wieder? Erwartungsvoll sah mich meine Nachbarin an, aber da konnte sie lange warten. Ich lächelte ihr zu. Äußerlich war ich die Ruhe in Person, aber in meinem Kopf arbeitete es gewaltig. Hatte die Pfarrköchin etwa ...?

Wer benutzt Katzenbabys um zu morden? War das Zufall oder wollte jemand erneut den Verdacht auf die Pfarrköchin lenken? Sollte ich Blankenfels davon erzählen?

Emma nahm mir die Entscheidung ab, indem sie mir ein Magazin mit Brautkleidern unter die Nase hielt. Wunderschön! Ob ich noch einmal heiraten sollte?

„Was hältst du von diesem Modell?" Emma zeigte auf einen Traum aus champagnerfarbenem Chiffon; in der Taille gerafft und mit unendlich vielen Strasssteinen verziert. Dazu ein Hauch von Brüsseler Spitze am Dekolleté und an den Armen.

„Hier steht, dass dieses Kleid auch bei Life's Finest auf dem Schwarzerdhof zu sehen ist", las Emma vor. „Du, da gehen wir hin", beschloss sie.

Dank Frau Braun würde das spätestens heute Abend der ganze Ort wissen.

Von der Terrasse drang Kindergeschrei in die Küche. „Ach, Ihre lieben Kleinen, was haben die denn schon wieder angestellt?", bemerkte Frau Braun neugierig. Sie genoss es sichtlich, heute einen Logenplatz zu haben. Meine Jüngste kam weinend in die Küche. In der Hand hielt sie eine lange blonde Haarsträhne. Nach einigem Hin und Her verstand ich endlich, was geschehen war. Ihr Bruder Georg hatte Indianer gespielt und Louisas Skalp genommen. Frau Braun war entsetzt und Emma kugelte sich vor Lachen.

Mir blieb nichts übrig, als die Fassung zu bewahren. „Ich schätze, meine Süße, da müssen wir zum Friseur. – Kann man heutzutage nicht die Haare wieder anschweißen?", wollte ich von Emma wissen. Sie war von allen hier die Fachkundigste in solchen Dingen.

„Ich will nicht geschweißt werden!", rief Louisa ängstlich. „Ich will aufs Pferdchen zum Haare schneiden."

„Süße, kein Friseur schneidet dir die Haare, wenn du auf einem Pferd sitzt", versicherte ich ihr.

„Doch, beim Herrn Wilhelm schon. Der schneidet die Haare beim Reiten", stampfte sie trotzig auf.

„Wer erzählt denn so etwas?", fragte ich genervt.

„Die Michelle. Der schneidet der Herr Wilhelm immer die Haare beim Reiten. Ich will zum Herrn Wilhelm", heulte Louisa los. Frau Braun wollte schon mit einer Tirade über die Erziehung meiner Kinder loslegen, da schnappte ich mir kurz entschlossen meinen Geldbeutel und meinte zu Louisa: „Dann sag' schnell dem Papa Bescheid."

Wie zu erwarten, wollte der Rest der Familie Leuchte auch auf das Pferdchen. So zuckelte ich mit meinen drei Kindern und meinem lehmverschmierten Dackel nach Sickingen, vorbei an der Samuel-Friedrich-Sauter-Schule, durchs schöne Wolle-Gässle mit all seinen Blumen und

Apfelbäumen, den Kohlbach entlang in Richtung Schlossgartenhalle.

„Salon Wilhelm" stand mit geschwungenen, goldenen Lettern über dem Eingang. Beim Öffnen der Salontüre bimmelte ein Glöckchen, nostalgisch wie zu Großvaters Zeiten. Zum ersten Mal war ich hier und daher erstaunt über die liebevoll gepflegte Einrichtung des Friseurladens. Auf den mit bordeauxfarbenem Leder bezogenen Stühlen saßen einige ältere Herren.

„Das kann dauern", meinte ich zu den Kindern. Doch da lag ich falsch: Die Herren waren alle schon fertig, aber man hatte hier Zeit. Wieso nach Hause eilen, wenn sich's beim Friseur noch gemütlich schwatzen ließ?

Louisa zeigte unter Tränen Herrn Wilhelm ihren Skalp mitsamt der dazu passenden Lücke auf ihrem Kopf. „Darf ich aufs Pferdchen?", fragte sie artig und schniefte dabei zum Steinerweichen.

„Das darfst du, mein Fräulein. Ich hole es nur eben aus dem Stall", meinte der junge Mann. Zu meiner Überraschung holte Herr Wilhelm tatsächlich ein Pferd aus dem Nebenraum, ein Schaukelpferd ohne Kufen, aus Holz geschnitzt und schwarz angemalt. Es hatte hellblaue Augen, eine feurige Mähne aus echtem Pferdehaar und einen roten Sattel. Das Pferdchen war als Aufsatz gearbeitet, der genau auf den alten Barbierstuhl passte. Darauf setzte Herr Wilhelm meine strahlende Louisa, passte ihr die Steigbügel an, gab ihr das rot lackierte Lederhalfter in die Hand. Dann fing er an, ihr die Haare zu schneiden. Louisa bewunderte sich im großen Spiegel und fand, dass sie die beste Reiterin auf der ganzen Welt sei. Nun wollten natürlich ihre Geschwister ebenfalls die Haare geschnitten bekommen.

„Setzen Sie sich doch zu uns, Frau Leuchte", forderte mich einer der Herren auf. „Wilhelm macht das schon mit den Kleinen. Wie schon sein Vater. Und sein Großvater."

„Was gibt es Neues drüben in Flehingen? – Für wen hat es vorhin Schiedling geläutet?", fragte ein anderer.

„Die alte Frau Richter", antwortete ich knapp.

„So, so, hat es die auch erwischt. Das ging jetzt doch schneller, als ich gedacht habe."

„Das hat sie davon. So ganz ohne Kinder hat es so kommen müssen. Kein Mann ist ihr ja damals gut genug gewesen!"

„Früher hieß es, sie hätte ein uneheliches Kind zur Welt gebracht. Aber beweisen konnte das nie jemand."

„Keine Kinder, aber genug raffgierige Erben."

„Ob's von denen einer war?"

„Kommt aufs Testament an."

„Wenn sie eins hat."

„Die bestimmt. Bildete sich doch ziemlich viel auf ihre Büroausbildung ein. Nun, zumindest konnte sie sich im Gegensatz zu ihren anderen Schwestern ein Häuschen leisten und musste nicht das Buddele für den Bruder spielen."

„Der Immobilienheini war in letzter Zeit öfters bei ihr gewesen. Einmal sogar mit Blumenstrauß!"

„Die kleine Erika hat sich doch immer um sie gekümmert. Das arme Mädel."

„Undank ist aller Welt Lohn."

„Was ist eigentlich mit dieser Wichtigtuerin?"

„Ach, du meinst die Tochter vom Karl? Dem Bruder vom Josef?"

„Ja, genau die. Manuela heißt die doch, oder?"

„Ein unsympathisches Weib. Hat in jedem Verein die Nase vorne. Weiß immer alles besser, will alles, aber schaffen tut sie nichts. Auch wenn sie natürlich das Gegenteil behauptet."

„Na, andere die Arbeit machen zu lassen, das ist doch auch eine Kunst."

„Eine Kunst, die dieses Weibsbild beherrscht. Und hinterher jammert sie, dass sie wieder so viel organisieren muss."

„Ich hab' gehört, die soll schon das Bankkonto vom Josef leergeräumt haben. Einen Tag nach seiner Beerdigung! Stellt euch das mal vor."

Sollte ich den Männern erzählen, dass sie damit Pech gehabt hatte?

„Wer wohl den großen Weinberg vom Josef erbt?"

„Jammerschade um den guten Schwarzriesling. Das hat er verstanden, der Josef. Hab' erst kürzlich noch ein Fläschchen mit ihm getrunken."

„Hoffentlich kauft das Weingut Rettinger den Wengert. Ist eine gute Lage."

„Und das Wengerthäuschen erst! Das allerschönste im ganzen Sickinger Humst. Da muss man weit gehen, um so eines zu finden."

„Da ist so manches Viertele getrunken worden. Ja, ja, das waren noch Zeiten."

„So, fertig", meinte Herr Wilhelm zu Georg. „Das Pferdchen ist jetzt müde und muss wieder in seinen Stall."

Zuvor holte er aber noch ein großes Bonbonglas vom Regal, öffnete es und ließ die Kinder hineingreifen. Sie sagten artig Danke und wurden von den Männern dafür reichlich gelobt. Einer steckte ihnen sogar einen Euro für ein Eis zu.

An solchen Tagen wollte auch ich wieder Kind sein.

8

Für einen Besuch bei „Herkules" war es mittlerweile leider schon zu spät geworden, deshalb begab ich mich hinab in meinen eigenen Keller. Ein neuer Gedanke verfolgte mich: Hier irgendwo hoffte ich, das Motiv für den Mord am alten Richter zu finden.

„Er hatte mir doch welche geschenkt ...", sprach ich immer wieder zu mir. Suchend stand ich vor meinem Weinregal. Manche Flasche lagerte hier ungeachtet ihrer Aromen. So auch die Flaschen, welche mir von Zeit zu Zeit der alte Herr geschenkt hatte. Dankend hatte ich sie jedes Mal entgegengenommen und dann, eher geringschätzig, in den Keller verfrachtet. Wenn das stimmte, was ich heute im Friseursalon gehört hatte, lagerten da ja wahre Schätze im Weinregal. Endlich entdeckte ich eine der Richter'schen Flaschen. Dunkelgrünes Glas mit handgeschriebenem Etikett: „Schwarzriesling Sickinger Humst 1998. Zur Hochzeit von Andrea und Joachim." Ehrfürchtig strich ich über die Flasche. Die dicke Staubschicht, die sich als Patina darüber gelegt hatte, löste sich. Behutsam trug ich mein potenzielles Beweisstück nach oben in die Küche. Erst jetzt fiel mir auf, dass die Flasche mit Siegellack verschlossen war.

Gekonnt entfernte ich den Siegellack, setzte das Kellnermesser an, das mir einmal vom Weingut Rettinger zu Weihnachten geschenkt worden war, um den Korken zu entfernen und dekantierte den Wein in eine Kristallkaraffe. Dunkelrot floss der Schwarzriesling in das geschliffene Glas. Er machte farblich seinem Namen alle Ehre. Eine feine Holznote stieg mir in die Nase. Vanille mit reifer Brombeere und Kirsche folgten – erstaunlich für einen so betagten Wein! Wo waren nur meine Bordeauxgläser? So einer verlangte nach einem ordentlichen Trinkgefäß ... und natürlich nach einem feinen Käse. Ich angelte mir meine Jacke von der Garderobe, gab Joachim Bescheid und ging ins Dorf.

Beim Bäcker Müller bekam ich noch einen Berches, in der Metzgerei nebenan einen feinen Lachsschinken, frisches Griebenschmalz sowie etwas Käse. Als ich aus der „Metzel" kam, entdeckte ich Blankenfels, der gerade zum Bäcker Müller wollte.

„Hallo, Herr Blankenfels. So spät noch in Flehingen?"

„Ich brauche dringend ein Brainstorming mit Ihnen samt Beilage", antwortete er gestresst.

„Da habe ich heute etwas noch Besseres. Kennen Sie Berches?"

„Nein."

„Das ist ein altes Rezept aus dem Kraichgau, jüdischen Ursprungs. Das gab's nur an Ostern und zu Taufen. Dazu gibt's Lachsschinken, Griebenschmalz und Käse. Sollte Ihnen das nicht genügen, erwartet Sie bei mir noch ein Beweisstück aus dem Holzfass."

„Ein Beweisstück aus dem Holzfass?“ Er klang begeistert.

„Dunkelrot – und wenn es stimmt, was man mir erzählt, vielleicht ein Grund zum Morden“, versprach ich geheimnisvoll.

„Eine Möglichkeit“, brummte er. „Dann muss es sich aber schon um ein gutes Weinchen handeln.“

Rasch richtete ich den Berches auf einer Platte mit Schinken und Käse an, holte Joachim aus seinem Archiv und begann mit der exklusiven Weinverkostung.

Blankenfels schnupperte interessiert. Seine Augen leuchteten auf, als er einen Schluck von dem vielversprechenden Tropfen probierte. Schweigsam betrachtete er den dunkelroten Rebensaft im Glas, schwenkte ihn behutsam, roch und probierte erneut. Erst als sein Glas leer war, sah er mich und Joachim an. „Wahrlich eine Offenbarung. Die Frage ist nur, ob es sich um einen einmaligen Jahrgang handelt oder ob jedes Jahr solch eine Köstlichkeit entsteht.“

Lächelnd reichte ich ihm den belegten Berches und den Käse. „Na, dann schaffen Sie sich mal lieber eine Grundlage. Wenn ich mich recht erinnere, schenkte mir der alte Richter jedes Jahr mindestens eine Flasche.“

Bis ich aus dem Keller zurückkam, hatten die beiden Männer die erste Flasche schon geleert. Ebenso die Vorspeisenplatte.

„Schatz, bist du so lieb?“, fragte Joachim scheinheilig und streckte mir das leere Porzellan entgegen.

„Aber mit dem Wein wird noch ein wenig gewartet! Ich dekantiere ihn zuerst.“

Kurze Zeit später explodierten auf ein Neues die ungewöhnlichen Aromen an unseren Gaumen.

„Dass ein Schwarzriesling so fein schmecken kann, das hätte ich nie für möglich gehalten. Für mich war das immer ein Vesperwein." Blankenfels war bereits in einem glückseligen Zustand angelangt.

„Die Lage eignet sich bestens dafür. Nicht umsonst ist Kürnbach weithin als Schwarzriesling-Dorf bekannt", erklärte Joachim.

In der Zwischenzeit öffnete ich spaßeshalber eine Flasche Schwarzriesling, die nicht vom alten Richter stammte. Es interessierte mich, ob dieser der versammelten Kennerrunde genauso munden würde.

„Was ist das?", Blankenfels runzelte die Stirn.

Auch Joachim schüttelte sich. „Nicht, dass er richtig schlecht schmeckt, aber da sind ja Galaxien dazwischen! Was ist das für ein widriger Jahrgang?"

„2005. Allerdings stammt dieser Schwarzriesling weder aus dem Sickinger Humst noch vom alten Richter. Sorry, aber ich wollte sehen, ob ihr den Unterschied noch merkt."

„Den merkt doch jedes Kind", brummte Blankenfels. „Aber interessant ist es schon. Haben Sie in Ihrem Keller vielleicht einen Schwarzriesling aus der direkten Nachbarschaft des Richter'schen Weinbergs?"

„Nein, – aber ich weiß, wo es welchen zu kaufen gibt."

Ein zweiter Blick auf die Käseplatte zeigte mir, dass ein Einkauf beim örtlichen Supermarkt ohnehin angebracht war. Also ließ ich die beiden Herren mit ihren liquiden Studien kurz alleine und besorgte neues Untersuchungsmaterial. Zwei verschiedene Schwarzrieslinge konnte ich finden. Gleichgültig, was und in welchem Zustand wir an diesem Abend noch probierten, nichts kam an den wunderbaren Vino des alten Richter heran. Und wir probierten lange und intensiv. In dieser Nacht lernte Blankenfels die Vorzüge unseres Gästezimmers kennen.

Um neun weckte ich ihn aus seinen süßen Träumen. Verkatert kam er zu mir in die Küche. Er machte wahrlich keinen frischen Eindruck. Joachim dagegen hämmerte bereits seit einer Stunde in seinem Atelier.

„Guten Morgen. Äh, nicht, dass Sie denken, ich wäre gestern Abend noch im Dienst gewesen ..."

Es war mir nicht möglich, ein Grinsen zu verkneifen. Wie blass er um die Nase war.

„Frühstück?", fragte ich ihn leise.

„Gerne."

„Gut, und dann ziehen Sie sich Ihre Schuhe an, damit wir gleich los können."

Irritiert sah mich Blankenfels an, als ich meinen Picknickkorb schnappte. „Nachdem Sie gestern Abend ja ausgiebig Gelegenheit hatten, das feine Weinchen kennenzulernen, will ich ihnen heute auch zeigen, wo er wächst", klärte ich ihn voller Vorfreude auf.

„Äh, bekomme ich vorher keinen Kaffee?", fragte er fast anklagend.

„Später. Beim Bäcker hieß es, vor dem Wengerthäuschen sei eine Bank mit Tisch und einem traumhaften Ausblick dazu. Auf, Schuhe an!"

Wir fuhren auf der Franz-von-Sickingen-Straße zuerst nach Sickingen, bogen unterhalb der Kirche in die Kürnbacher Straße ab, weiter durch das Dohl, bis wir an die Waldspitze des ehemaligen Gräflich-Douglas'schen Waldes kamen. Nach der Waldspitze ging es scharf links dem Baumsaum entlang die Weinberge hinauf. Wie viel Prozent Steigung der Humst hier hat, konnte ich nicht sagen, aber bei Glatteis kommt man hier nicht einmal zu Fuß mehr hoch. Oben angekommen, fuhren wir zwischen Wald und Rebreihen dahin. Kurz bevor der Wald aufhörte, stand es da – das Wengerthäuschen des alten Herrn Richter. Es war nicht wie üblich aus Holz, sondern komplett aus Sandstein gebaut und mit Tonziegeln gedeckt. Eine Steintreppe führte etwa drei Meter durch die Reben hinunter zu dem Häuschen. Auf der Vorderseite befand sich eine große, überdachte Terrasse. Eine gusseiserne Bank mit Tisch lud zum Niedersetzen ein.

„Wunderschön", raunte ich begeistert. „Was für ein Fleckchen ... und diese Aussicht!"

„Ist das da Kürnbach?", wollte Blankenfels wissen.

„Ja. Hinterm Berg, uns gegenüber, liegt Derdingen und weiter rechts, hinter dem Bahndamm, liegen Flehingen und Sickingen. Gemarkungstechnisch sind wir noch auf Flehinger, genauer genommen Sickinger Boden. Sickingen wurde im Dritten Reich zu Flehingen eingemeindet. – Weinbautechnisch heißt der Sickinger Humst allerdings Kürnbacher Lerchenberg", klärte ich ihn pflichtbewusst auf.

Vorsorglich hatte ich sogar eine Leinendecke eingepackt, welche ich nun über den Tisch ausbreitete. „Ich sehe mich kurz um, während Sie hier die Festtafel herrichten“, schmunzelte Blankenfels.

Kaffee, Mohnhörnchen, Salzstangen, Milchweck, Wurst und Käse fanden neben frischen Schneckennudeln ihren Platz auf dem Tisch. Zufrieden mit meinem Werk, sah ich mich nach Blankenfels um. Wo war er?

Die Tür zum Häuschen stand offen. Von Neugierde getrieben, ging ich hinein.

„Ist es normal, dass ein Wengerthäuschen nicht abgeschlossen ist?“, fragte Blankenfels unvermittelt aus dem Dunkeln heraus. Ich zuckte mit den Schultern. Da entdeckte er auch schon das aufgebrochene Vorhängeschloss am Boden. Suchend sah ich mich um.

„Ich war noch nie zuvor hier, aber so, wie es aussieht, fehlt in dem Weinregal dort der Wein.“

Blankenfels nickte und zeigte auf das alte Küchenbuffet, das an der Wand stand. „Nach den Kreisen im Staub zu schließen, standen hier bis vor kurzem noch Gläser. Es ist nichts durchwühlt worden. Der Dieb wusste wohl genau, was er suchte und wo er es fand.“

Er blieb mit dem Fuß an einem kleinen Läufer hängen. Was war das? Darunter erschien eine Bodenluke.

„Wollen wir?“, fragte er auffordernd.

Mich schauderte es, aber nicht lange: Ein lichtdurchfluteter, sauberer Keller befand sich darunter. Kein Ort für Spinnweben und düstere Geschehnisse ... Durch zwei vergitterte Fenster, die vom Weg aus nicht zu erkennen waren, drang das Sonnenlicht. Der Boden war gefliest und die Wand weiß gekalkt.

Blankenfels zeigte auf einen Sicherungskasten neben einem der Fenster. „So wie es aussieht, wurde hier rumgefummelt. – Hier könnte ein Notstromaggregat gehangen haben. Was meinen Sie, wer war der Dieb: ein Erbe oder ein gesetzestreuer Mitbürger, der eine noble Verwendung dafür hat?"

„Ein Mitbürger wohl eher. Keiner der Erben hätte sich seine Finger hier dreckig gemacht und ein Notstromaggregat die schmale Holztreppe hoch geschleppt."

Blankenfels nickte nachdenklich. „Frühstück?", fragte ich aufmunternd. Zum Diebe fangen hatte ich an so einem schönen Frühsommermorgen wirklich keine Lust.

„Schneckennudeln zum Frühstück! So eine Überraschung! Sie meinen es aber wirklich gut mit mir", meinte Blankenfels strahlend.

„Ach, wenn doch jeder so einfach zufriedenzustellen wäre ...", dachte ich bei mir.

„Man tut, was man kann. Wie finden Sie das Plätzchen hier?", antwortete ich stattdessen.

„Himmlisch. So etwas würde mir auch gefallen. Besonders im Herbst, wenn die Weinblätter bunt gefärbt sind und man mit Neuem Wein auf der Bank in der Sonne sitzen kann. Was das hier wohl alles wert ist?" Blankenfels angelte sich eine Zimtschnecke und lehnte sich entspannt zurück.

„Wir sind hier nicht an den überteuerten Steillagen der Mosel oder im Rheingau. – Ob der Gegenwert allerdings für einen Mord ausreicht? Wer ist eigentlich der Erbe?", fragte ich Blankenfels.

„Keine Ahnung. Bedienen Sie eigentlich heute auf dem Leichenschmaus im Weingut Rettinger?"

„Ach herrje, ja, die Beerdigung der Tante! Hätte ich fast vergessen. Natürlich bediene ich, das wird bestimmt interessant“, rief ich aus.

„Das kann ich Ihnen versprechen. Ich werde dort ebenfalls erscheinen, mit dem Notar zur Testamentseröffnung des Onkels und der Tante. Die Gesichter der Erben werde ich mir auf keinen Fall entgehen lassen“, zischte Blankenfels zwischen den Zähnen hervor.

Voller Vorfreude auf den Nachmittag schenkte ich mir Kaffee nach und lehnte mich genüsslich zurück um die prachtvolle Aussicht zu genießen.

Die Beerdigung ähnelte in etwa der vor einer Woche. Manuela heulte und jammerte wieder zum Gotterbarmen, Richard trug Armani, Harald hatte vergessen, sein Handy auszuschalten – „We are the Champions“ brachte Schwung in die Trauerfeier. Erika schien als Einzige tief bewegt zu sein, obgleich ihr mit dem Tod der pflegebedürftigen Tante doch eigentlich die größte Last von den Schultern genommen worden war ...

Der Kreis der Trauergäste war diesmal allerdings kleiner, da die Dame nicht mehr aktiv am dörflichen Leben teilgenommen hatte. Weil außer Blankenfels und mir niemand von den Flehingern von einem zweiten Mord ausging, galt die Beerdigung wohl als unspektakulär. Beigesetzt wurde die Tote, wie ihr Bruder in der letzten Woche, im Familiengrab. Hier ruhten außer den Eltern schon die beiden ledigen Schwestern Liesel und Gertrud.

Beim Leichenschmaus ergaben sich im Vergleich zur Vorwoche einige Änderungen: Der traditionelle Hefezopf war Linzertorte und Schwarzwälder gewichen. Anstelle panierter Schnitzel mit Kartoffelsalat wurde Roastbeef mit Spätzle aufgetischt. Erika war offensichtlich entsetzt darüber und fing sofort Streit mit Richard an. Sie geriet richtig in Rage, als sie ihm vorwarf, die alten Sitten nicht zu beachten. Außerdem sei sie diejenige, die das Ganze bezahlen müsse. Wenn er sich zu fein für das alles hier fühle, solle er gefälligst verschwinden. Sie nannte ihn noch einen elenden Besserwisser, Wichtigtuer und einen arroganten, verlogenen Angeber. Ein angenehmes Tête-à-tête.

Mein Augenmerk lag jetzt ganz auf dem Erscheinen von Blankenfels samt Notar. Wie konnte ich es nur anstellen, zu diesem Zeitpunkt im Nebenzimmer zu sein? Blankenfels war zwar eine zuverlässige Quelle, aber so etwas wollte man doch nicht aus zweiter Hand erfahren!

Zum Lauschen waren die alten Holztüren leider nicht geeignet. Das Zimmer war von außen nicht einsehbar. Blankenfels ließ sich an diesem Nachmittag auch nicht, wie erhofft, nochmals blicken und so ging die Testamentseröffnung ohne mein Beisein von statten.

Das Leben konnte so ungerecht sein.

9

Am nächsten Morgen hielt mich nichts mehr von einem Besuch bei meiner Gottheit ab. Ich lud wieder Unmengen von Material aus dem Auto aus, schleifte alles den Götzenberg hinauf und sank schließlich völlig ausgepumpt unter meinen alten Apfelbaum. Nelly scheuchte derweil Fasane in den Hecken auf und wurde nicht müde, alles zu beschnüffeln und anzukläffen. Nach einer bitter nötigen Verschnaufpause entfernte ich die Äste vom Eingang. Ich zündete die Grubenlampe an und quetschte mich zwischen den Säulen und Wurzeln des alten Apfelbaumes hindurch. Beeindruckend stand er da inmitten des Raumes. Schön, beinahe lebensgroß und so gut gebaut (sagte ich das schon?). Ein schwacher Lichtstrahl fiel durch die Grasnarbe direkt auf ihn.

„Wer du wohl bist?“, fragte ich die Statue.

„Jupiter.“ Mein Aufschrei blieb mir vor Schreck in der Kehle stecken. Meine Beine wurden weich. Das Herz schlug mir bis zum Hals. Ein Wunder, dass es überhaupt noch schlug! Starr, keiner Bewegung fähig, stand ich da und starrte die Statue an.

„Ich verstehe, dass du sprachlos bist. Was für eine Entdeckung! Das scheint ein kleiner Jupitertempel zu sein.

Wie hast du das gemacht? Woher wusstest du davon? Und wieso hast du es mir nicht gesagt?“, raunte es hinter mir.

Langsam floss das Blut wieder durch meine Adern, und ich konnte mich langsam nach hinten umdrehen. „Joachim – ja, bist du wahnsinnig? Du bringst mich noch um!“ Jetzt gaben meine Knie nach und ich musste mich setzten. Mein Mann hingegen schien das nicht zu bemerken. Er stieg über mich hinweg und streichelte voller Inbrunst den nackten Jupiter.

Die Kaninchen schienen mich gehässig anzusehen, als wollten sie mir sagen: „Ätschte bätsch! Unsre Ruhe ist futsch, dein Geheimnis aber auch.“

Joachim war nicht zu bremsen. In kürzester Zeit hatte er die Decke abgestützt, genügend Licht ins Dunkel gebracht und Familie Kaninchen überzeugt, sich eine neue Bleibe zu suchen. Mit der Digitalkamera machte er Bilder, erklärte gleichzeitig am Handy den diversen Archäologen-Kollegen von der Entdeckung und vergaß mich darüber völlig.

Traurig wie ein kleines Kind, dem man sein Spielzeug weggenommen hat, saß ich unter meinem Apfelbaum. Weiter rechts am Hügel gegenüber, Katzensteig genannt, kreiste ein Bussard. Eine frische Brise wehte sanft durch die Blätter über mir, während ein Sonnenstrahl meine Nase kitzelte.

„Ich habe schon verstanden. Schmollen bringt nichts. Wenn einer fürs Buddeln bestimmt ist, dann Joachim. Aber entdeckt hab’ ich es!“

Als mich Joachim nach Hause fuhr, musste er mir versprechen, dass meinem Apfelbaum nichts passiert. „Ansonsten gibt es keinen Apfelkuchen und auch keinen selbst gepressten Apfelsaft mehr. Und von dem nackten Jupiter möchte ich zumindest eine Kopie für unseren Garten", rief ich ihm nach. „Immerhin habe ich diesen Adonis gefunden!"

Frau Braun sah mich entsetzt über die Hecke an. Sollte ich sie darüber aufklären, dass es sich um eine historisch äußerst wertvolle Statue handelte?

„Alles in Ordnung, Frau Braun?", fragte ich sie besorgt.

„Ich weiß es nicht", kam leise eine verunsicherte Antwort.

Kurz vor Mittag machte ich mich auf den Weg zum Kindergarten. Als ich bei der Apotheke vorbeikam, tuschelten zwei Frauen hinter vorgehaltener Hand und blickten mir abwechselnd nach. Mich beschlich das Gefühl, dass bereits jeder hier im Ort von der Geschichte des nackten Mannes in meinem Garten Bescheid wusste.

Frau Gruber winkte mir von ihrem Auto aus zu. „Hallo Frau Leuchte, also ich glaube, ich muss unbedingt in nächster Zeit einmal wieder bei Ihnen auf einen Kaffee vorbeikommen!"

Frau Drosdofski fand die Sache „einfach rattenscharf". Und Frau Lehn fragte, ob sie ihren VHS-Malkurs nicht in unseren Garten verlegen dürfte. Schon wegen der schönen Rosen und des antiken römischen Brunnens.

Die Buschtrommeln hatten schneller geschlagen als selbst ich es für möglich gehalten hatte. Sogar Sybille Feger grinste breit, als sie mir meine Kinder übergab. Lediglich die alte Frau Hirsch schien von alledem nichts mitbekommen zu haben. Sie hackte eifrig in ihrem Gärtchen, steckte meinen Kindern reichlich Radieschen zu und schnitt für mich eine Belladonnalilie ab.

Während die Kinder von der Brücke aus die Enten im Kohlbach fütterten, betrachtete ich die Blume ausgiebig. Ob Blankenfels jemals den Giftmischer finden würde?

Der alte Herr Richter war zwar nicht beliebt, aber auch nicht verhasst gewesen. Er besaß ein Haus, mehrere Äcker, die verpachtet waren, einen Weinberg, der einen köstlichen Tropfen hervorbrachte, Sparbücher und einige Wertsachen. Summa summarum war das nicht das große Erbe. Das Haus war alt, und für Ackerland bekam man – wenn es gut lief – nur vier Euro pro Quadratmeter. Für einen Weinberg wurde in Derdingen bei guten Hanglagen schon mal bis zu acht Euro bezahlt, aber das waren Ausnahmen. Das alles war weit entfernt von den Preisen für Bauplätze, die knapp 400 Euro pro Quadratmeter brachten.

Laut Blankenfels (er hatte mich in der Zwischenzeit telefonisch in den Inhalt der Testamente eingeweiht) vermachte Josef Richter sein Häuschen samt Inhalt dem Museumsverein, zwar mit einigen Auflagen und Bedingungen, aber es war laut Notar durchaus rechtmäßig, und die Erben gingen in puncto Häuschen leer aus. Also konnte Harald seinen Deal mit der Gemeinde und „Nord-West"-Bau vergessen. Die Tante vermachte ihr Häuschen Erika; das wenige, was sie sonst noch besaß, würde für die Beerdigungskosten draufgehen. Die Krankheit hatte ihr gesamtes Sparguthaben aufgebraucht.

Als ich Blankenfels nach den Reaktionen der Erben gefragt hatte, meinte er knapp: „Nichts. Absolut regungslos. Fast wie abgesprochen. Die drei Geschwister haben zusammengehalten wie Pech und Schwefel. Von dieser Erika war auch nichts zu erfahren, sie hat nur geweint."

Im Großen und Ganzen fand ich unbefriedigend, was Blankenfels mir da berichtete. Wenn nicht ein ungeduldiger Erbe, wer könnte es sonst noch so eilig haben, einen Neunzigjährigen zu ermorden? Hatte Richter vielleicht irgendein Geheimnis gehabt? Irgendein Problem mit irgendjemandem? Feinde? War er jemandem im Weg gewesen?

Die Kinder rissen mich aus meinen Gedanken. „Das Brot ist alle. Wir wollen jetzt heim. Was gibt es zu Mittag?"

10

Elegant gekleidet stand Emma vor mir. Ein Hauch von cremefarbenem Leinen umhüllte sie. Der Farbton des rießigen Strohhutes erinnerte an griechischen Mokka. Passend in Material und Ton hielt sie eine elegante Cocktail-Tasche in der Hand. Mit meiner Erscheinung hingegen schien sie keineswegs zufrieden zu sein.

„So nehme ich dich nicht mit“, meckerte sie los.

„Wieso?“ Verständnislos sah ich an mir runter. Die Jeans war neu und laut Verkäuferin machte sie mich mindestens drei Kilo schlanker, meine braunen Wildleder-Pumps waren sauber und meine angesagte Millefleur-Bluse war absolut faltenfrei.

„Du ziehst dich um. Feines Leinen ist heute angesagt. Life’s Finest ist keine Bierfahrt!“

„Die Jeans war aber teurer als meine alte Leinenhose.“

„Mit einer Jeans nehme ich dich aber nicht mit. Und vergiss nicht den Seidenschal, den ich dir aus Madrid mitgebracht habe.“

Ich ließ mich überreden. Stilecht fuhren wir schließlich auf der Sauschwänzelstraße an Oberderdingen vorbei nach Großvillars. Von weitem sah ich schon die weißen Pavillons, die im Park des Hofgutes aufgebaut waren. Zwischen Großvillars und Bretten gelegen, schmiegen sich die alten Fachwerkgebäude des Gutshofes samt dazugehörigem Park harmonisch in die hügelige Landschaft des Kraichgaus.

Emma bezahlte den Eintritt, worauf uns zwei livrierte Männer das Hoftor öffneten. Ein grandioser Blick auf die historischen Gebäude des Gutshofes und den Park wurde freigegeben. Ein wahrhaft fürstliches Refugium, das die Familie Baron von Papius ihr Eigen nennt.

„Ha, da schau. Die Frau bei dem alten Brunnen trägt auch Jeans", rief ich etwas undamenhaft laut aus.

Emmas Blick ließ mich schnell verstummen.

In den ehemaligen Ställen, nunmehr auf das Edelste für Events ausgebaut, befanden sich die Verkaufsstände von Juwelieren, Uhrmachern, ein fliegender Buchhändler und zahlreiche Landgewerbe-Stände, die allerhand Kostbarkeiten feilboten. Im Gartenhäuschen draußen konnte man feinstes Tafelsilber erwerben. Daneben gab es in den weißen Pavillons von Hüten über Gartenmöbel bis zu den leckersten Delikatessen fast alles, was gut und manchmal teuer ist.

„Schau mal", Emma zog mich unsanft am Arm. „Ist das nicht Erika?"

Sie hatte recht. Im nächsten Pavillon überreichte ihr ein Verkäufer ein großes Paket und bedankte sich überschwänglich.

„Was sie wohl gekauft hat?"

„Das werden wir gleich wissen", meinte Emma und ging auf den Pavillon zu. Teuerste italienische Keramik stand hier drapiert. Emma ließ ihren ganzen Charme spielen und erfuhr in kürzester Zeit, was Erika erworben hatte.

„Einen Gockel für 640 Euro?“, entfuhr es mir.

„Ein Hahn aus feinster italienischer Terracotta. Handbemalt“, korrigierte mich Emma.

„Da hat doch eindeutig jemand geerbt“, zischte ich.

Wir nippten an französischem Lavendellikör, schnupperten an Rosenseife aus Grasse, befühlten kunstvolle Quilt-Decken und tranken italienischen Espresso aus einer antiken Siebträger-Maschine. Wir beäugten kritisch die ein oder andere Dame der hiesigen Gesellschaft, wie sie in ihren Stöckelschuhen die Kieswege entlangtippelten, sahen uns nach ihren Begleitern um und lästerten hinter vorgehaltener Hand, was das Zeug hielt.

„Da schau, da ist es!“ Emma zeigte auf einen Pavillon, der von Rosen eingerahmt war: Emmas Traum in Weiß. Was für ein Hochzeitskleid! Emma sprach mit der Verkäuferin und verschwand mit ihr und dem Kleid tuschelnd hinter einem Paravent aus rosa Brokat. Mir wurde ein Ledersessel und ein Gläschen Secco angeboten. So vornehm wie möglich setzte ich mich in den Ledersessel, schlug meine Beine übereinander und nippte geduldig am perlenden Getränk.

„Und? Wie findest du es?“

„Wunderschön“, hauchte ich, ein wenig neidisch. Das Kleid mit seinem fließenden Stoff, den Pailletten und der hauchzarten Spitze saß wie eine zweite Haut an ihr.

Als ich nur wenig später den Preis dieses Traumes erfuhr, war der Neid wie weggeblasen. Ungläubig darüber, dass Emma so viel Geld ausgegeben hatte, schüttelte ich den Kopf. „Es ist deine vierte Hochzeit. Geht es da nicht etwas billiger?“

„Nein, denn dieses Mal wird endlich alles gut“, meinte Emma zuversichtlich und schwebte auf rosa Wolken.

In diesem Zustand befand sie sich noch, als wir bei mir zuhause ankamen. Auf der Terrasse saß bereits Frau Sailer. Sie befand sich in einem weniger glücklichen Zustand: Tränen liefen über ihr Gesicht.

„Um Himmelswillen, Frau Sailer, was ist denn los?“, fragte ich die völlig aufgelöste Pfarrköchin. Irritiert stellte ich die Flasche Lavendellikör, die ich in Großvillars für sie gekauft hatte, vor ihr auf den Tisch. „Die Kätzchen ...“, schniefte sie. „Die Kätzchen ...“, wiederholte sie. Dann konnte sie nicht mehr weitersprechen.

Emma sah mich an. „Nervennahrung?“

Ich nickte. Während Emma sich auf den Weg zum Bäcker machte, kochte ich einen Darjeeling. Bei solch sensiblen Momenten ist Kaffee einfach nicht angebracht.

Die Stimmung von Frau Sailer hatte sich bei meiner Rückkehr auf die Terrasse noch nicht gebessert. Im Gegenteil! Ihre Augen schienen noch röter zu sein als zuvor. Behutsam schenkte ich ihr eine Tasse Tee ein. „Zucker? Das Leben ist bitter genug.“

Frau Sailer nickte und holte ihr riesiges Taschentuch hervor.

„So, und nun erzählen Sie mir, was denn eigentlich passiert ist. Sind es Ihre Kätzchen, die Kommissar Blankenfels zu uns gebracht hat? Stört es Sie, dass die drei bei uns gelandet sind? Wenn es das ist, dann werde ich mit meinen Kindern reden und sie darum bitten, Ihnen die Tierchen zurückzugeben."

„Nein, ich bin ja froh, dass die süßen Kleinen in guten Händen sind. Ach, es ist so furchtbar. Erst stirbt der alte Richter, als er meinen Likör trinkt und nun auch noch ..." Sie holte tief Luft und schnäuzte sich ausgiebig. „ ... und nun stirbt auch noch seine Schwester durch meine geliebten Kätzchen, die mir irgendein Lump zuvor gestohlen hat."

So hatte ich die Sache noch gar nicht betrachtet! An die Lage der armen Frau Sailer hatte ich ja noch gar nicht gedacht. Die Ärmste!

„Aber dafür können Sie doch nichts. Außerdem weiß das mit den Kätzchen ja noch niemand", versuchte ich sie zu beruhigen.

„Das sagen nur Sie. Vor etwa einer Stunde kam diese Manuela Körner ins Pfarrhaus. Sie ging direkt zu Hochwürden und hat Mord und Totschlag gerufen. Dann hat sie mich in seinem Beisein des zweifachen Mordes beschuldigt. Sie würde dafür sorgen, dass er strafversetzt würde, wenn er eine Giftmischerin wie mich weiter in seinem Haushalt beschäftigen würde. Ich war gerade dabei, meine Katze und ihre verbliebenen zwei Jungen zu füttern. Als diese furchtbare Person dann endlich weg war, bin ich zu Ihnen gefahren und habe mir die Kätzchen angesehen. Da sind sie. Es sind die Jungen von meiner Susi. Noch so klein und unschuldig und schon als Mordwerkzeug benutzt!"

Sprachlos starrte ich Frau Sailer an. Woher wusste Manuela Körner von dem Mordversuch mit den Kätzchen? Woher wusste sie, dass die Kleinen nun bei mir waren?

An der Hecke raschelte es.

„Frau Braun, könnte ich kurz mit Ihnen sprechen? – Einen Moment, Frau Sailer, ich bin gleich wieder da."

Nun ist es eine Sache belauscht zu werden, wenn über die Haushaltsführung der jungen Frauen geratscht wird oder aber darüber, welcher Mann wann und wo mal wieder einen über den Durst getrunken hat oder wer welche Art von Unterwäsche auf die Wäscheleine hängt. Bei Liebesgeschichten stellte auch ich zugegebenermaßen hin und wieder die Lauscher auf. Wenn es aber um Mord ging und unschuldige Leute verdächtigt wurden, hörte bei mir der Spaß auf. Ich verwies Frau Braun in ihre Grenzen.

Emma war in der Zwischenzeit zurückgekommen und auch sie versuchte ihr Bestes, um Frau Sailer zu beruhigen. „Was den Likör betrifft, so werde ich Ihnen helfen. Ich hoffe, Sie haben genug davon", hörte ich sie bei meiner Rückkehr sagen.

„Was meinst du?", fragte ich.

„Nächste Woche am Freitag ist doch der Polterabend von Thorsten und mir vor dem Flehinger Wasserschloss. Am Samstag hat dort der Musikverein sein Sommernachtsfest. Sie haben uns angeboten, bereits freitags alles aufzubauen, um es uns für den Polterabend zur Verfügung zu stellen. Dass ein Bürgermeister seinen Polterabend hier im Ort feiert, das hat es noch nie gegeben ... und das gehört ausgiebig gefeiert." Emma grinste.

„Ob du dir bei dem teuren Brautkleid und einem – wie ich annehme – überdimensionalen Polterabend deine Hochzeit überhaupt noch leisten kannst? Ich habe dein Geschenk schon und es wäre jammerschade, wenn ich es wieder zurückgeben müsste", frotzelte ich.

„Sag' das mit dem Kleid bloß nicht Thorsten. Ihm ist schon Angst und Bange vor den Kosten. Er weiß, wie in Flehingen feste Feste gefeiert werden ..."

„Da hast du also vor, die feinen Likörchen unserer lieben Frau Sailer an eure Gäste auszuschenken. Was gibt's noch?"

„Nun, da Thorsten Bürgermeister von Oberderdingen ist, natürlich die Weine der Winzergenossenschaft Derdingen. Hast du schon den neuen Sekt probiert? Gewürztraminer. Einfach göttlich! Die Flehinger Feuerwehr sorgt für Maultaschen und Schupfnudeln vom Gurken-Albert. Die Derdinger Löschtruppe kommt mit ihrer Gulaschkanone und die aus Großvillars bringt frisch gebackenes Holzofenbrot aus dem Brotbackhäusle. Die Landfrauen wollen sich um den Hefezopf und den Kaffee kümmern. Das Rote Kreuz bringt Kartoffelsalat und heiße Würste. Die Derdinger Musik kommt mit ihren Instrumenten und – wie man mich wissen ließ – mit großem Durst. Das Katerfrühstück am nächsten Morgen wird dann vom Weingut Rettinger organisiert ... Ich glaube, das war's im Großen und Ganzen." Emma strahlte.

Statt Sorgenfalten zu zeigen, strahlte Emma vor lauter Vorfreude.

„Ich traue mich gar nicht zu fragen, ob ich dir irgendwie nützlich sein kann." Hilfe suchend schaute ich zu Frau

Sailer, aber die schien im Geiste schon zu überprüfen, ob ihre Likörflaschen ausreichten.

„Zwei Besen und Schaufeln benötige ich noch, um mit Thorsten traditionell die Scherben zusammenzufegen. Meinst du, ein Traktoranhänger reicht oder soll ich vorsichtshalber einen Bauschuttcontainer mieten?“ Emma ging ja so unbedarft an die Sache heran.

„Einen? Du hast wohl noch keinen Polterabend in Flehingen erlebt, stimmt's? Bestell lieber mehrere. Glaub' mir, ganz Oberderdingen wird diese Gelegenheit nutzen, sämtliche Dachziegel, Toilettenschüsseln, Waschbecken und alles alte Porzellan, das sich finden lässt, auf Kosten des Herrn Bürgermeister zu entsorgen.“

Emma wurde blass.

Von Kommissar Blankenfels hörte ich die ganze Woche über nichts. Er war wohl mit Schreibtischarbeit und der Auswertung der bisher spärlichen Spuren beschäftigt und hatte Schwierigkeiten, der Staatsanwältin den zweiten Todesfall als Mord darzustellen.

Auch für mich fiel jede Menge Schreibarbeit an: Mit drei weiteren Mitgliedern des Museumsvereines war ich verdonnert worden, das Inventar im geerbten Richter-Haus zu katalogisieren. Kein ganz leichtes Unterfangen, wie sich schnell herausstellte. Manuela Körner stellte Besitzansprüche nicht nur auf ihre böhmischen Likörgläser, sondern auf möglichst alles, was nicht niet- und nagelfest mit dem Haus verbunden war. Es interessierte sie wenig, ob ihr Onkel dem Verein das Haus mitsamt dem Inventar vermacht hatte. Immer wieder rückte sie mit ihrem Anwalt an und forderte die Herausgabe bestimmter Dinge. Dabei führte sie sich höchst aggressiv auf, obwohl ihr und ihrem Anwalt von Seiten des Vereines mehrmals versichert wurde, dass nach der Katalogisierung des Inventars alle persönlichen Dinge an die Familie übergehen könnten.

Harald und Richard tauchten ebenfalls mehrmals auf. Angeblich wollten sie sich nur nochmals das alte Haus anschauen und in Kindheitserinnerungen schwelgen. Es war allerdings nicht zu übersehen, wie sie sich Notizen und Fotos mit der Digitalkamera machten. Hier und da wurde eine Schublade aufgezogen oder eine Schranktüre geöffnet. Kaum war ich für einen kurzen Moment mit den anderen Helfern vor das Haus gerufen worden, schlitzten sie gemeinsam mit Manuela sämtliche Rückwände der Gemälde im Haus auf. Anscheinend hatten sie nicht gefunden, was sie suchten, denn als wir hinzukamen, durchwühlten sie gerade den alten Biedermeiersekretär des Onkels, der umgekippt auf der Seite lag. Hier platzte uns aber der Kragen und wir riefen die Polizei. Von nun an hatten sie Hausverbot. Gerade als wir den ramponierten Sekretär wieder aufrichten wollten, musste ich an einen bestimmten Mechanismus gekommen sein, denn plötzlich öffnete sich eine Klappe unter der mittleren Schublade. Ein Geheimfach. Darin lag ein vergilbtes Notizbüchlein. Auf der ersten Seite stand in schwungvoller Tinte geschrieben: „Carl Richter – Afrika – 1896".

„Noch interessanter wurde es für mich, als aus einer der Seiten eine gepresste Blüte der Belladonnalilie fiel. War es das, was die drei gesucht hatten? War hier des Rätsels Lösung zu finden?

Das Tagebuch war in altdeutscher Schrift geschrieben. Ich bewunderte die Ebenmäßigkeit der Schnörkel, lesen aber konnte ich sie nicht. Meine Mutter hatte Sütterlin noch in der Schule gelernt, damals, in Rößel, in Ostpreußen, vor dem Krieg. Hoffentlich konnte sie es noch.

„Natürlich kann ich das noch, mein Schatz." Interessiert sah sie sich das Büchlein an. „Eine sehr gleichmäßige Schrift, die dieser Carl Richter hatte, aber dennoch werde ich ein bißchen Zeit brauchen. Die Schrift ist schon sehr verblasst."

„Lass dir Zeit, Mama. – Aber bitte nicht zu lange!". Ich drückte ihr einen Kuss auf die Wange. Ich würde mich in Geduld üben müssen.

Bereits früh am Morgen wurde im Park vor dem Wasserschloss aufgebaut. Ob die alten Platanen wohl ahnten, was da heute Abend auf sie zukam? Der Bauhof stellte vorsorglich drei große Bauschuttcontainer auf. Der Getränkehändler lieferte gleich zwei Kühlwägen mit Getränken. Die Ortspolizei war schon damit beschäftigt, die Absperrungen aufzustellen.

„Oh, Emma, wenn das mal nur gut geht", seufzte ich und ging mit meinen Kindern weiter in Richtung Kindergarten.

Beim Bäcker gab es heute nur ein Thema: der Polterabend meiner besten Freundin. Im Schreibwarenladen

Stiefelmacher gegenüber unterhielten sich die Kunden darüber, wie viele Monatsgehälter das Ganze den Bürgermeister wohl kosten würde.

„Ob er auch genug zu trinken da hat?"

„Um das Essen kümmern sich die Vereine, da habe ich keine Angst, dass wir nicht satt werden."

„Ob der weiß, was für einen Durst man hier hat?"

„Hoffentlich denkt er auch dran, dass wir in Flehingen nicht nur Wein trinken." Ein schönes Bierchen aus dem Kraichgau, bevorzugt eines aus der Palme in Eppingen, wird hier seit Generationen geschätzt.

„Vor allem sollte er daran denken, alles aus der eigenen Tasche zu bezahlen und nicht mit Steuergeldern", brummte ein Dritter.

„Ja, wenn er bei der nächsten Wahl wiedergewählt werden möchte, tut er gut, daran zu denken."

Das konnte ja heiter werden.

Auf dem Rückweg kam ich wieder am Schloss vorbei. Frau Sailer war gerade dabei, ihren Likör in den Kühlwagen zu stellen. Der Anzahl der Kisten nach zu urteilen, hatte sie ihren Keller komplett geräumt! Ich sollte wohl doch noch schnell in die Apotheke gegenüber gehen und vorsorglich einige Kopfschmerztabletten fürs Katerfrühstück besorgen ...

Blankenfels ließ sein Kommen zum Polterabend von seiner Sekretärin ankündigen. Er bat darum, nochmals in unserem Gästezimmer übernachten zu dürfen. Gegen 19.30

Uhr gingen wir gemeinsam mit Joachim den Senselberg hinunter. Am Schloss herrschte bereits ausgelassene Stimmung. Zwischen den Bäumen hingen unzählige bunte Lampions an den Lichterketten. Auf den Tischen brannten Kerzen in Einweckgläsern und auf der Brücke zum Schloss flackerten zahlreiche große Fackeln um die Wette. Auf dem Parkplatz zwischen dem alten Rathaus und der breiten Zufahrt zum Schloss türmte sich bereits einiges an Scherben.

Aus Rücksicht auf Emma warf ich nur einen einzigen Teller.

Blankenfels war da weniger rücksichtsvoll. „Ich habe im ganzen LKA die kaputten und angeschlagenen Kaffeebecher eingesammelt", erklärte er grinsend und ließ es so richtig krachen.

Emma sah vergnügt zu und lachte. Auch als von der Hauptstraße her zwei erste Busse anrollten.

„Bei allen Geistern, was ist das?", rief ich entsetzt.

„Wieso? Habe ich dir nicht erzählt, dass wir es den Gästen zur Bedingung gemacht haben, mit dem Bus zu kommen?"

„Wie soll ich das verstehen?"

„Na, wer aus Derdingen oder Großvillars zu unserem Polterabend kommt, der muss den Busservice, den uns der ortsansässige Busunternehmer heute Abend zur Verfügung stellt, benutzen. Wie soll ich Frau Sailer mit ihrem selbstgemachten Likör rehabilitieren, wenn hier lauter Autofahrer sitzen?"

Nach dem vierten Bus hörte ich auf zu zählen.

Als ich mich in der Runde umsah, begann ich zu beten, dass an diesem Abend nirgends in Oberderdingen ein Feuer ausbrach. Genau konnte ich zwar nicht sagen, wer so alles in den drei Ortsteilen bei der Freiwilligen Feuerwehr ist; dennoch wurde ich den Eindruck nicht los, dass sie alle miteinander heute Abend hier versammelt waren und pflichtbewusst löschten, nämlich ihren Durst. Der gute schwäbische Wein und das süffige Kraichgauer Bier flossen in Strömen – und dazwischen immer ein kleines Likörchen. Dass der von der Pfarrköchin stammte, hatte Emma nicht erzählt. Noch nicht. Erst zu später Stunde würde sie die Bombe platzen lassen!

Die Pfarrer Treulich und Barg baten Emma und Thorsten zu sich auf die Bühne.

Treulich fing an: „Willsch du, Sohn von dem do und dero do, die do neben dir Stehende zur Frau? Die do liebe, de Müll raustrage und regelmäßig Blumen kaufe?"

Thorsten rief laut: „Ja!"

Dann fragte Pfarrer Barg die Emma: „Willsch du do den do? Willsch du die Schwiegertochter werra von dem do und dere do? Willsch du den do Fußball gucka lassa, ihm sei Viertele bringe und sei Socka stopfa?"

Emma lachte und rief: „Ja, i will den do!"

Ein stürmischer Applaus erschallte, unterbrochen vom Gehupe, das unvermittelt von der Gochsheimer Straße her kam. Die Stimmen der über 200 Gäste erstarben nach und nach. Um das Scharfe Eck kam ein großer Traktor, gefahren vom Bauer Hämmerle. Am Traktor war ein riesiger Hänger angehängt. Emmas Lachen wurde schmaler, und ich glaube, auf Thorstens Stirn erschienen erste Schweißperlen.

Unter Zurufen und Gejohle brachte Bauer Hämmerle seinen Hänger in Position. Langsam hob sich der hintere Teil der Rolle zum Auskippen an.

Was war auf dem Hänger? Was würde er auskippen? Dachziegel? Vielleicht auch Stroh?

So viel Geschirr konnte unmöglich darauf sein. Alles hielt den Atem an, als der Hänger die Ladeluke öffnete. Heraus kam ... eine kleine Mokkatasse.

Emma lachte, Thorsten wischte sich erleichtert die Stirn ab und die Menge johlte vor Begeisterung über den gelungenen Scherz.

Ungebetene oder weniger beliebte Gäste gibt es leider überall. In diesem Fall waren es Harald und Richard Richter sowie ihre Schwester Manuela. Deren Mann Arndt hatte sich ans andere Ende des Festes verkrümelt und freute sich ausnahmsweise einmal seines Lebens.

„Dass die hier sind", meinte ich skeptisch zu Emma.

„Wenn es nichts kostet ...", gab Emma zur Antwort.

Weiter entfernt wurde es an einem Tisch laut und die Fäuste flogen. Allerdings nicht lange, angesichts der vielen Feuerwehrmänner. Kurz entschlossen zerrten sie die Streithähne auseinander und kühlten sie mit einem Bad im Kraichbach ab.

Joachim und Blankenfels hatten derweil ihre Liebe zu geschmelzten Maultaschen entdeckt. Um einem dringenderen Bedürfnis nachzugeben, suchte ich den Toilettenwagen am Rande des Parks auf. Gedämpft drang die Musik von draußen herein. Gerade als ich die Kabine wieder verlassen wollte, hörte ich zwei Stimmen.

„Natürlich habe ich bei der Tante nachgeholfen! Was willst du denn, sie war alt und krank. Das nennt man höchstens Sterbehilfe. Ich habe mir im Gegensatz zu dir nichts vorzuwerfen. Du dagegen hast wirklich jemanden auf dem Gewissen. Der alte Knabe war noch ziemlich fit. Er hätte gut und gerne noch ein paar Jährchen durchgehalten. Aber mir soll's recht sein. Keine Ahnung, warum du ihn um die Ecke gebracht hast, ist mir zwar noch etwas schleierhaft, aber egal: tot ist tot."

Die Antwort darauf konnte ich nicht mehr ganz verstehen, denn der Musikverein spielte jetzt aus vollen Rohren „Preußens Gloria".

„So ein Mist", fluchte ich leise.

„Was die Kätzchen betrifft, diese blöden Biester, da hast du mich ja erst auf die Idee gebracht, als du mir am Telefon von der Katzenphobie unserer Tante erzählt hast! Es war eben Schicksal, als ich bei der Beerdigung am Pfarrhaus vorbeikam und sah, dass die Pfarrköchin welche hat ... nein, das war Fügung. Sollen sie doch alle die Alte für die Schuldige halten! Mich juckt das nicht."

Der Musikverein spielte immer noch. Zu ärgerlich. Ich sah mich in der Toilette um und entdeckte einen Lüftungsschlitz oben in der Wand.

„Du wirst nicht zur Polizei gehen, sonst werde ich aussagen, dass du den Onkel auf dem Gewissen hast", drohte die Männerstimme.

Warum nur war die andere Person so leise? War es eine Frau oder ein Mann? Endlich hatte ich es geschafft, Halt auf der Toilette zu finden. Ich versuchte, nach draußen zu spähen.

Harald Richter! Vor Schreck wäre ich beinahe in die Toilettenschüssel gerutscht.

„Ich kenne die Protokolle genauso gut wie du. Wieso sollte ich da das Risiko eingehen, dass du mal wieder alles bekommst? Es ist genug für jeden von uns, und wenn du die anderen auch noch umbringen willst, nur zu, tu dir keinen Zwang an."

So sehr ich mich auch anstrengte, ich konnte aus diesem Blickwinkel die zweite Person nicht erkennen. Mit einem Satz sprang ich von der Toilettenschüssel und lief nach draußen, um den Toilettenwagen herum. Verflixt, da war niemand mehr.

Blankenfels gefiel es ganz und gar nicht, von seiner zweiten Portion geschmelzter Maultaschen weggezogen zu werden. Hastig erzählte ich ihm das soeben Gehörte. Er holte reflexartig seinen Notizblock heraus, schlug ihn auf, sah mich mit glasigen Augen an und meinte dann leicht beschwipst: „Schreiben Sie's mir doch bitte auf. Wir sprechen morgen drüber. Aber erinnern sie mich vorsichtshalber ..."

Mit jeder Stunde sanken die Differenzen zwischen Badenern, Schwaben, Waldensern und Roigeflickten. Es war ein beeindruckendes Beispiel dafür, wie Wein und Gesang zur Völkerverständigung beitragen – von vereinzelten lautstarken Diskussionen, die an manchen Tischen von Zeit zu Zeit zu hören waren, einmal abgesehen. Mittlerweile spielten sogar beide Musikvereine im Duett. Die Derdinger trugen ihren traditionellen Napoleon vor und die Flehinger natürlich das Badnerlied.

Mitten in dieser Stunde der Harmonie sprang der zwei Meter große Michael Gabriel auf einen Biertisch und rief: „Lasst mich hier vor dem Geburtshaus von Samuel Friedrich Sauter ein Gedicht von ihm vortragen. Etwas, was jedem von euch zu so später Stunde passieren kann, wenn er dem alten Märchenbrunnen beim Rathaus da drüben zu nahe kommt. Also höret:

Die Täuschung

Ein Mann, der vielen Wein mußt im Kopfe tragen
stand nachts vor einem Zaun, sein Wasser abzuschlagen.
Da kam ein Geräusch von einem Brunnenrohr,
das in der Nähe war, in sein betäubtes Ohr.
Er horcht und horcht und horcht, und dieses laute Fließen,
meint er zuletzt, es sey sein eigenes Ergießen.
Der Wächter, welcher ihn um neun gesehn,
sah ihn um zehn Uhr noch immer am Zaune stehn.
Ach, sprach der trunkne Mann, wißt ihr mir nicht zu rathen?
Zwei Stunden piss ich schon an diese Palisaden,
noch rollt es immer fort, noch ist der Fluß nicht aus –“

Gabriel holte tief Luft, grinste über beide Ohren und fuhr fort:

„Der Wächter klärt ihn auf, beschämt geht er nach Haus.“

Schallendes Gelächter. Ich fragte mich, ob Sauter sich nun im Grabe umdrehte oder von oben mit Petrus auf uns heruntersah und lachte, weil er bei solch einer wein- und bierseligen Stimmung rezitiert wurde?

Nun war Frau Sailers Stunde gekommen. Die Likörflaschen waren leer, und als erneut danach verlangt wurde, ergriff Emma gut gelaunt das Mikrophon.

„Der Likör ist alle."

Ein lang gezogenes „Ooooh" erschallte.

„Es tut mir wirklich leid. Ist eigentlich einer von euch an dem Likör gestorben? Der soll sich bitte melden."

Tosendes Gelächter.

„Der Likör ist nämlich von unserer Pfarrköchin Frau Sailer."

Theatralisch kippten ein paar röchelnd von der Bank.

„Um die ist es nicht schade", meinte Emma. „Aber dem Rest sei hiermit bewiesen, dass unsere liebe Frau Sailer keine Giftmischerin ist."

„Ist sie doch!", rief Manuela Körner laut in die Runde.

Sofort wurde ihr von irgendwo her ein Schwall Bier ins Gesicht geschüttet. Das ließ sie verstummen. Wer das wohl gewesen war? Niemand wusste es. Aber der ganze Platz applaudierte.

Frau Sailer saß derweil zu Tränen gerührt zwischen der evangelischen und katholischen Geistlichkeit.

„Einen Nachteil hat die ganze Geschichte aber doch. Wir haben den kompletten Likörbestand im Pfarrkeller leer getrunken. So schnell wird es jetzt keinen mehr geben." Das „Ooooh!" ging ein zweites Mal durch die Reihen.

Da sprang der Bürgermeister auf den Tisch und rief: „Was soll's? O'zapft is'!", und schwenkte den Bierkrug.

Die Stimmung war ausgelassen. Eine Steigerung erfuhr sie noch, als Emma und Thorsten um 24 Uhr anfingen, die Scherben in die Container zu schaufeln. Mit meiner Vermutung, dass einige Gäste hier ihre Ziegeln und anderes Zerbrechliches entsorgen würden, hatte ich recht behalten. Kaum waren die beiden Schweißgebadeten damit fertig, zündete der Bauhof der Gemeinde ein farbenprächtiges Feuerwerk im Schlosshof.

Pfarrer Barg war von der Stimmung so ergriffen, dass er den Senselberg hinaufstürmte, in den Glockenturm der evangelischen Kirche eilte und zum Festausklang die Glocken läutete.

Die Busse brachten die meisten Gäste von jenseits der badisch-schwäbischen Gemarkungsgrenze nach und nach nach Hause. Wer dazu in der Lage war, den würden sie am nächsten Morgen zum Katerfrühstück wieder hierher bringen.

Die übrig gebliebenen Flehinger sangen nochmals inbrünstig das Badnerlied, klopften dem zukünftigen Ehemann auf die Schulter und wankten dann (nun, das war zumindest zu hoffen) in Richtung ihrer Betten.

Eine friedvolle Stille legte sich in dieser sternenklaren Nacht über Oberderdingen und ließ nichts ahnen davon, was noch passieren sollte.

11

Viele fleißige Heinzelmännchen mussten schon früh am Morgen aufgeräumt haben. Bis auf die Biergarnituren zeigte der Park vor dem Schloss keine Spuren vom gestrigen Abend. Lediglich aus dem Rot-Kreuz-Zelt drangen die friedlichen Schnarchgeräusche der Nachtwache.

Der Duft von frischem Kaffee wehte über den Platz. Und von Fisch. Das Weingut Rettinger hatte das angekündigte Katerfrühstück bereits gerichtet. Mit jeder Menge Heringe! Und das morgens. Ich wusste spätestens jetzt, warum ich gestern Abend nicht allzu viel getrunken hatte. Auf dem Buffet gab es zu meiner Freude aber auch frischen Hefezopf, warme Brötchen, Eier, Marmelade und interessanterweise Schalen mit sauren Gurken.

Ich war mit Joachim und Blankenfels gerade noch rechtzeitig gekommen, bevor der erste Bus aus Derdingen eintraf und der Platz am Buffet eng wurde. Und da strömte auch schon die erste Busladung zu den Tischen. Bleich sahen sie aus. Sie waren am Vorabend doch alle noch so begeistert davon gewesen, wie man in Flehingen feiern kann ...

Wir waren uns schnell einig darüber, dass die hochgeistigen Getränke einer katholischen Pfarrköchin den trollingerverwöhnten Protestanten aus Derdingen nicht so recht bekommen konnten.

„Sieh's positiv, so griegsch scho a Frihstick für umme."

„Wo'd recht hasch, hasch recht."

Das war die hier herrschende Meinung.

Und dann bissen sie in die Heringsbrötchen. Die Stimmung war zwar gedämpfter als am Abend zuvor, aber nicht minder gut. Nachdem der Kaffee meinen Geist wiederbelebt hatte, erinnerte in mich daran, weshalb ich einen Knoten im Taschentuch hatte.

„Sie, Herr Blankenfels", tippte ich ihn an. „Ich habe hier einen Knoten im Taschentuch. Der sagt mir, dass ich Ihnen etwas in den Notizblock geschrieben habe."

„In meine heilige Schrift? Das kann nicht sein!"

Ungläubig kramte er ihn aus seiner Jackentasche, schlug ihn auf und stutzte. „Tatsächlich ... Hier steht: Harald gibt den Mord an der Tante zu. Beschuldigt andere Person des Mordes am Onkel. Andere Person weder verstanden noch gesehen."

Blankenfels rieb sich die Augen, las mein Gekritzel ein weiteres Mal durch und sah mich mit großen Augen an. „Irgendwelche Beweise für dieses Gespräch? Fotos, Aufnahmen mit dem Handy? Und was soll das heißen: Die zweite Person nicht erkannt? Wie können Sie mir das antun, Andrea?"

„Kaffee?", fragte ich, um abzulenken.

„Ja, gerne. Den brauche ich jetzt." Immer wieder sah er sich meine Notizen an. „Wie viel haben Sie zu diesem Zeitpunkt bereits getrunken gehabt?"

„Na, hören Sie mal, Kurt, als ob ich zu den anonymen Alkoholikerinnen gehöre. Ob Sie es glauben oder nicht, lediglich ein Glas Gewürztraminer-Sekt hatte ich da intus. Jawohl. Sie brauchen gar nicht so ungläubig schauen."

„Dann sollten wir uns genauer über Ihre Beobachtungen unterhalten. Ob wir wohl etwas von diesem leckeren Hering mit auf Ihre Terrasse nehmen dürfen?"

„Guten Morgen, ihr Lieben", hauchte Emma, käseweiß und mit schwarzen Ringen unter den Augen.

„Ach, du Ärmste, wie siehst du denn aus?", fragte ich sie und schob ihr gleich einen Kaffee hin.

„Furchtbar, ich weiß ... aber schön war's gestern doch."

Thorsten schien der gleichen Meinung zu sein, meinte allerdings: „Jetzt weiß ich, warum die katholische Kirche möchte, dass man nur einmal heiratet: Die sind ernsthaft um ihre Schäfchen besorgt. Solch einen Polterabend übersteht man kein zweites Mal."

Emma lehnte den Hering, welchen Blankenfels ihr anbot, dankend ab. Sie begnügte sich mit ihrem Kaffee und einer von meinen Schmerztabletten. Thorsten dagegen stärkte sich ausgiebig.

Der Musikverein war schon auf den Füßen und begann, für die Hartgesottenen zum Frühschoppen aufzuspielen. Thorsten war der Held des gestrigen Abends. Seine Wiederwahl als Bürgermeister schien gesichert. Gerade als Blankenfels mit mir in ruhigere Gefilde aufbrechen wollte, kam Thorsten auf uns zugerannt. Er sah mich wütend an. Ich durchdachte in Windeseile den Abend, aber mir fiel nichts Schlimmes ein, was ich angestellt haben könnte.

„Habe ich etwa unanständige Witze erzählt?", fragte ich Emma leise. Die zuckte nur die Schultern und sah ihren zukünftigen Ehemann fragend an. Dieser wedelte mit dem Handy vor meiner Nase herum und schäumte: „Ich habe gerade einen Anruf von der Polizei bekommen. Was habe ich euch getan? Bringt euch gefälligst in Flehingen um, aber nicht in meinem heiß geliebten Bernhardsweihersee. Das ist ein Ort mit Geschichte! Ein Klostersee! Ein Ort der Stille, ein Platz für Verliebte, Familien und für quakende Frösche. Aber er ist definitiv kein Platz für einen Mord ..."

Blankenfels sah zuerst unseren Bürgermeister, dann mich, dann seinen Teller mit den Heringen und danach wieder mich an. „Könnte ich bitte jetzt eine Tablette von Ihnen haben?"

Doch Thorsten kannte keine Gnade mit Blankenfels. Forsch zog er ihn mit sich fort.

Ich hatte meine liebe Müh, den beiden zu folgen, und zu meinem Erstaunen protestierte keiner, als ich mich mit ins Auto setzte.

Auf dem Derdinger Weinplateau angekommen, bogen wir links in Richtung Bernhardsweihersee ab. Zwischen uralten Weinbergmauern fuhren wir bergab, bis die Rebreihen in Streuobstwiesen übergingen. In der Ebene angekommen, wurde der Blick auf den alten Klostersee freigegeben. Eingerahmt in einen kleinen Talkessel lag er da, zwischen Reben, Obstbäumen und Wald. Es war wirklich ein zauberhafter Ort. Im 13. Jahrhundert war dieser See von Mönchen angelegt worden.

Ich folgte Blankenfels über die Brücke, den Pfad entlang, der um den See führte, bis wir auf die Polizei und den Krankenwagen trafen. In einem Boot brachten Feuerwehrleute den Leichnam ans Ufer. Es war kein schöner Anblick. Ein Schauer lief mir über den Rücken – es war Harald Richter, der uns mit weit aufgerissenen, toten Augen ansah.

Auch Blankenfels schluckte. Er sah mich stirnrunzelnd an. „Das hätte nicht passieren müssen", flüsterte er und wandte sich ab. Ein Bienenschwarm summte durch meinen Kopf.

„Woher hätten wir so was ahnen können?"

„Ich hätte gestern Abend, direkt nach Ihrer Erzählung, reagieren müssen."

„Auch Sie haben mal Feierabend. Vielleicht war es auch ein Unfall. Immerhin trägt er einen Jogginganzug. Das ist hier eine prima Strecke zum Joggen und Walken."

„Möglich", knurrte Blankenfels, drehte sich zu mir um und sah mir fest in die Augen. „Aber glauben Sie daran?"

„Wenn ich ehrlich bin: Nein. Tät ich gerne, aber mein Gefühl ist da anderer Meinung."

Blankenfels ging zu dem Toten und ließ sich von dem Polizisten einen Bericht geben. Auch ich überwand mich, die Leiche in Augenschein zu nehmen. Starr war der Ausdruck der Augen. Das Gesicht war im wahrsten Sinne des Wortes leichenblass. Noch nie hatte ich so etwas gesehen. Die Hände waren verkrampft. Nirgends war eine Wunde oder Blut zu sehen. Ich fragte mich, ob vielleicht Menschen, die an einem Herzinfarkt sterben, so aussehen. Doch ein Unfall? Das Ufer des Sees war sehr abschüssig. Wenn einem hier schwindelig wurde und man stolperte, wäre es nahezu unmöglich, guten Halt zu bewahren. Nun, die Spurensicherung würde das sicher aufklären können.

„Wie tief ist der See eigentlich?", fragte ich einen der Feuerwehrmänner.

„Im Moment jedenfalls nicht tief genug, um darin zu ertrinken. Der See ist ein Himmelreich. Das bedeutet, er wird fast ausschließlich von Schmelz- und Regenwasser gespeist. Nach dem schneearmen und trockenen Frühjahr hat er nicht annähernd die Wassermenge wie sonst."

„Aber wenn der Betreffende vielleicht durch einen Herzanfall in den See fällt?"

„Möglich. Aber sehen Sie sich doch den Hals an", bat mich der Feuerwehrmann. Blankenfels kniete sich neben den Toten hin.

„Ein kleiner Pfeil. Vielleicht aus einem Blasrohr?"

Blankenfels sprang auf. Er wies die anwesenden Polizisten und Feuerwehrmänner an, alles weiträumig abzusperren. Das missfiel den gerade herannahenden Walking-Damen aus Oberderdingen. Ihnen blieb nichts anderes übrig, als wieder zurück in den Wald und hinauf Richtung Kraichsee zu zuckeln.

„Es sind mir hier schon zu viele herumgetrampelt. Ein Blasrohr? Wo sind wir denn hier? Am Amazonas? Oder gibt es die Dinger auch in Afrika? Können die Leute hier nicht mehr friedlich im Bett sterben, so wie früher?", regte sich Blankenfels auf.

Ich gab ihm recht. Heute beneidete ich ihn wirklich nicht um seine Arbeit. Nun, hier konnten wir nichts mehr tun und Blankenfels ließ mich von der Polizei nach Hause fahren.

Es war fast dunkel, als der Kommissar am Abend erschöpft auf unsere Terrasse geschlichen kam. Joachim hatte vor einer Stunde den Grill angezündet, und es duftete schon verlockend. Auf dem Rost ein halbes Spanferkel, Knoblauchkartoffeln und Majoranwürstchen. Auf dem Beistelltischchen warteten warmer Kartoffel- und frischer Tomatensalat aus dem eigenen Garten. Doch Blankenfels schien das nicht im Geringsten zu interessieren.

„Ich sollte nach Karlsruhe zurückfahren, bevor ich zu müde werde. Dennoch würde ich gerne zuvor Ihre Beobachtung vom gestrigen Abend ins Protokoll nehmen."

Ich nickte, entschied mich aber doch dafür, ihm zu widersprechen. „Ich denke, dass heute niemand mehr in Flehingen oder Derdingen umgebracht wird. Kurt, Sie nehmen jetzt ein schönes heißes Entspannungsbad. Sie haben die Wahl zwischen Kiefernnadeln oder Wacholder. Danach gibt es was Feines vom Grill. Das Gästezimmer ist immer gerichtet und im Keller findet sich bestimmt noch ein schönes Fläschchen."

„Andrea, Sie hatten recht. Ich fühle mich wie neugeboren", bedankte sich Blankenfels keine halbe Stunde später und griff nach dem Kartoffelsalat und einem Glas gekühlten Grauburgunder von der Ravensburg.

„Übrigens, meine Mutter ist heute Mittag da gewesen. Ich hatte ihr das Tagebuch des Großvaters von Josef Richter zu lesen gegeben, weil sie zu den wenigen gehört, die noch Sütterlin lesen können. Und heute Mittag war sie damit fertig. Carl Richter war als Botaniker für das Deutsche Kaiserreich in Afrika unterwegs. Dabei entdeckte er die Belladonnalilie. Bei den Einheimischen sah er, wie sie aus der Wurzel der Pflanze ein hochwirksames Pfeilgift gewannen. Das hat ihn anscheinend so beeindruckt, dass er die Kunst, mit dem Blasrohr auf die Jagd zu gehen, von den Buschmännern erlernte. Er berichtet darüber, dass er an einem Pferd, welches lahmte und erschossen werden sollte, ausprobierte, ob das Gift auch wirkt, wenn es mit Wasser versetzt getrunken wird. Es wirkte rasch. An Mäusen erprobte er die richtige Dosierung aus. Die Wurzeln der Belladonnalilie brachte er dann neben einigen anderen Pflanzen aus Afrika mit nach Hause. Sie kamen zum Großteil ins kaiserliche Gewächshaus in Berlin. Von der Belladonnalilie behielt er sich aber einige Wurzeln zurück. Mit der Zeit hat er sie vermehrt und in Flehingen unter Freunden verschenkt."

Blankenfels hatte schweigend zugehört. „Dann heißt es jetzt herauszufinden, wer davon alles wusste. Ich werde sowieso nochmals mit Richard Richter und Manuela Körner reden. Vor allem möchte ich nachhaken, warum sie die Bilder im Haus aufgeschlitzt und den Schreibtisch durchwühlt haben. Ich möchte wissen, was sie suchten. Gibt es außer dem Tagebuch noch andere Dokumente über den Aufenthalt Richters in Afrika?"

„Das weiß ich nicht. Zumindest schien er ein Faible dafür zu haben. Im Arbeitszimmer hingen Masken an der Wand. Ich glaube auch eine alte Landkarte und ein paar Fotografien. Ich hatte keine Zeit, mir das genauer anzuschauen. Wir können ja morgen hingehen. Sicher werden wir fündig. Immerhin ist die Bedingung, woran das Erbe geknüpft ist, eine Ausstellung über Carl Richter im Museumsverein zu machen. Harald sprach doch von irgendwelchen Protokollen, die er gesehen habe. Was er damit wohl meinte? Ob das etwas mit Carl Richter zu tun hatte? Oder handelte es sich bloß um Vereinsprotokolle?"

„Alles möglich. Warten wir den Obduktionsbericht ab. Und was den morgigen Tag betrifft, so werde ich ihn auf meiner Couch oder in der Sonne im Karlsruher Schlosspark verbringen."

„Darauf stoßen wir an", meinte Joachim und schenkte uns nach.

12

Am nächsten Morgen schien die Sonne durch mein frisch geputztes Küchenfenster. Es würde ein schöner Tag werden. Emma wollte heute mit mir zusammen zum Gärtner gehen, um ihren Hochzeitsstrauß und den Blumenschmuck für die Kirche zu bestellen. Vor uns standen Kostproben von Kuchen und Torten vom Bäcker Müller für Emmas Hochzeit. Auf dem Tisch lagen Berge von Hochglanzmagazinen für die Braut von heute.

In diese höchst angenehme Situation platzte Inspektor Blankenfels: „Wunderschönen guten Morgen, meine Damen."

„Oh, da hat wohl jemand gut geschlafen. Guten Morgen, Kurt, so früh? Es ist doch erst neun", begrüßte ihn Emma irritiert.

„Frühstück?" Blankenfels zeigte seine Einkäufe vom Bäcker.

„Mmh, wie diese Mohnbrötchen duften! Darf's ein Ei dazu sein?"

„Das wäre schön, Andrea. Aber für mich wachsweich."

„Für meinen Lieblings-Ermittler mache ich doch fast alles", schmeichelte ich und holte die Eier aus der Speisekammer.

In der Zwischenzeit klärte Blankenfels uns über Haralds Obduktionsbericht auf. „Es war dasselbe Gift, gewonnen aus der Belladonnalilie. Injiziert mittels eines Blasrohrs. Ich brauche unbedingt heute noch den Schlüssel von Richters Haus. Die Spurensicherung kommt in einer Stunde. Mal sehen, was wir da finden."

„Ha! Haben Sie überhaupt einen Durchsuchungsbeschluss? Brauchen Sie doch, oder?", stichelte Emma.

„Natürlich habe ich einen. Es muss alles seine Richtigkeit haben. Wir hoffen, ein Blasrohr zu finden. Oder einen Nachweis darüber, dass es einmal eines gegeben hat."

„Ich weiß, wo Sie vielleicht eins finden können." Emma grinste. „Du hebst doch alles auf!"

„Wo denn?", fragten Blankenfels und ich erstaunt.

„Na, bei dir im Gartenhäuschen!"

„Bei mir? – Ach, du meinst mein altes, das aus der Grundschule. Ob ich das Ding noch habe?"

Meine angeblich beste Freundin zwinkerte dem lieben Kommissar verschwörerisch zu.

„Ein Blasrohr, hier im Haus? Das ist ja hochinteressant. Und Sie können damit umgehen, Andrea?"

„Ich konnte. Ich war damit der Schrecken der Schule."

„Sie war die Beste in unserer Klasse. Die Jungs sind vor Neid erblasst."

Als ich Blankenfels sein Fünf-Minuten-Ei gab, sah er mich so durchdringend an, dass es mir beinahe aus der Hand gefallen wäre. Ich hatte das unbestimmte Gefühl, als würde mir gerade aus meinen Kindersünden ein Strick gedreht. Damals, in der Schule, hatte ich dafür nachsitzen müssen. Meine Strafe war also nicht nur verjährt, sondern auch verbüßt.

„Wenn ich mich recht erinnere, waren Sie es auch, die Harald Richter von dem Joggingpfad rund um den Bernhardsweihersee erzählt hatten? Ich glaube, das war bei der Beerdigung seiner Tante." Sein Blick durchbohrte mich.

„Ich war doch nur höflich, als er mich nach einer schönen Strecke zum Joggen fragte. Wer denkt denn bei so was an Mord?"

Zuerst fing Emma an, dann lachten beide schallend. Jetzt hätte ich es gerne gehabt – mein Blasrohr.

Der Gärtner musste leider warten. Das fand Emma auch. Wann hatte unsereins schon die Möglichkeit, bei einer Hausdurchsuchung dabei zu sein? Blankenfels hatte uns während des Frühstücks in Aufregung deswegen versetzt. Leider entpuppte es sich als eher langweilige Angelegenheit. Bereits im Arbeitszimmer fand sich eine Sammlung von verschiedenen Blasrohren in einer kleinen Vitrine: unverschlossen. Eine der Halterungen war leer. Die Sichtung der Unterlagen war öde, zumal wir nicht helfen durften. Ich bat die Beamten, die alles genau katalogisierten, mir eine Kopie zu geben. Blankenfels gab seine Zustimmung. Diese Arbeit für den Verein konnte ich mir also sparen. Zumindest etwas Positives.

Überall wimmelte es von Polizisten in weißen Overalls, die alles durchsuchten und fotografierten. Aufgeregtes Getuschel kam auf, als sie hinter einer Schrankwand eine Sammlung alter schwarz-weiß Fotos spärlich bekleideter Damen fanden. Jedem das Seine ...

„Komm, lass uns gehen“, bat ich Emma.

„Du hast recht. Auf zum Gärtner.“

Bei dem schönen Wetter beschlossen wir zu Fuß zu gehen. Vom Hinterdorf waren es nur ein paar hundert Meter bis zum Schloss. Wir durchquerten das Schlossgelände. Bei der Holzbrücke gingen wir über den Kraichbach, der hier mit dem Kohlbach zusammenfließt. Von dem Brückchen aus sah man schon die Gewächshäuser der Gärtnerei. Entlang des Kraichbachs blühte es in den schönsten Farben.

Im Laden zeigte Emma der Floristin ein Bild ihres Brautkleides, die daraufhin ins Schwärmen geriet.

Conny Gessner überlegte kurz: „ ... Orchideen! Zu solch einem zauberhaften Kleid gehen nur Orchideen, verziert mit Glaskristallen. Ganz zart in Weiß mit einem Hauch Rosa. Oder eben ganz klassisch – Rosen. Aber in jedem Fall englische Duftrosen, ebenfalls in Rosa-Crème. Nach der Hochzeit kannst du die vom Fachmann trocknen oder in Wachs tauchen lassen. Unter einer Glasglocke aufbewahrt, ist das eine wunderschöne Erinnerung an diesen Tag.“

Emma hörte wie hypnotisiert zu. Sie schwebte bereits im siebten Himmel. Sie entschied sich für die Rosen und kaufte sogleich eine Glasglocke. Ich kaufte mir einen Strauß meiner Lieblingsblumen – gelbe Nelken.

„Ha, ha. Gekonnt ist gekonnt.“ Stolz zeigte ich Blankenfels, wie ich nach all den Jahren noch mit dem Blasrohr umgehen konnte. Ich hatte voll ins Schwarze getroffen.

„Darf ich auch mal?“, bettelte Blankenfels.

„Natürlich. Hier, aber denken Sie daran, es gerade zu halten.“

Blankenfels versuchte sein Glück und – „Autsch. Was soll das? Eine arme alte Frau zu verletzten“, rief es hinter der Hecke hervor.

„Also, Herr Blankenfels, wie können Sie nur dermaßen schlecht schießen? Die arme Frau Braun!“

„Was heißt hier arm? Was steht sie auch wieder hinter der Hecke und lauscht? Das nennt man Behinderung der Polizeiarbeit“, schimpfte Blankenfels belustigt.

Frau Braun tauchte hinter der Hecke auf. Genau in der Mitte ihrer Stirn prangte ein roter Fleck.

„Na, wer sagt's denn. Volltreffer“, flüsterte Blankenfels und musste sich ein Lachen verkneifen.

Mir ging es ebenso. „Kommen Sie, Frau Braun “, bat ich sie versöhnlich, „setzen Sie sich zu uns. Damit sind Sie aus der Schusslinie.“

Das ließ sie sich nicht zweimal sagen. Sofort schnappte sie ihren Yorkshire Terrier, eilte flugs auf die Terrasse und beobachtete genüsslich aus nächster Nähe, wie Blankenfels die verschiedenen Blasrohre ausprobierte. Der Ärmste geriet dabei völlig aus der Puste. Hochrot war er angelaufen und auf seiner Stirn zeigten sich erste Schweißperlen.

Joachim kam aus seinem Atelier und stutzte. „Frau Braun sitzt bei uns auf der Terrasse?“, flüsterte er mir ins Ohr.

„Ich weiß, mein Schatz. Sie stand in der Schusslinie von Blankenfels, und er hat sie voll erwischt. Deshalb ist es mir lieber, sie sitzt hinter ihm. Es ist sicherer“, flüsterte ich zurück.

„Wenn das so ist ... Ich bin dann mal im Götzenberg und versuche, deinen Apfelbaum zu retten."

„Wieso retten? Was hast du damit vor?"

„Ich muss ihn vor den Leuten vom Denkmalamt retten. Sie rücken heute mit schwerem Gerät an. Vielleicht könntest du mit einem frisch gebackenen Apfelkuchen vorbeikommen. Das würde sie bestimmt von der Wichtigkeit des Baumes überzeugen", schmunzelte Joachim.

„Wehe, ihr krümmt ihm nur ein Ästchen oder ihr Vandalen sägt an seinen Wurzeln herum! Der Baum ist über siebzig Jahre alt. Ich hetze euch den Naturschutz auf den Hals!"

„Apfelkuchen, mein Schatz. Das sind alles arme, hungrige Archäologiestudenten. Etwas Leckeres zum Essen hilft da immer", meinte Joachim grinsend und gab mir rasch einen Kuss.

Ich seufzte. „Kurt, es tut mir leid, aber ich muss Sie mit Frau Braun alleine lassen. Es gilt, ein Leben zu retten", rief ich ihm pathetisch zu.

„In Ordnung, aber nur wenn Frau Braun und ich ebenfalls ein Stück Apfelkuchen bekommen. Das sehen Sie doch auch so, Frau Braun, oder nicht?"

Ich stürzte mich in die Arbeit. Eine normale runde Backform würde heute wohl nicht ausreichen, das verlangte nach Backblechen.

Zwei Stunden später fuhr ich, beladen mit ofenwarmer Fracht samt frischer Schlagsahne zum Götzenberg.

Blankenfels wollte mit. „Das interessiert mich auch, was Sie da entdeckt haben", verkündete er. Dafür trug er mir immerhin den Kuchen den steilen Hang hinauf.

Starr vor Schreck blieb ich auf halber Höhe stehen. Hinter meinem Apfelbaum klaffte ein riesiges Loch. Genau genommen eine viereckige Grube. Das Ausmaß des Tempels war wohl doch größer, als ich angenommen hatte.

„Hallo Frau Leuchte“, begrüßte mich Dr. Blanke vom Denkmalamt herzlich. „Ihr Mann erklärte mir, dass ich wegen des Nussbaumes mit Ihnen verhandeln müsse.“

Mein Blick verfinsterte sich. „Ihrem Apfelbaum passiert nichts. Wir haben beschlossen, die mit den Wurzeln verwachsene Säule stehen zu lassen und später im Museum durch ein Duplikat zu ersetzen. Der Nussbaum hingegen steht leider ziemlich genau in der Mitte des kleinen Tempels. Wir würden gerne die gesamte Tempelanlage ausgraben und andernorts wieder aufbauen.“

„Dieser Nussbaum stand schon, als der Götzenberg noch ein Weinberg war, also vor mehr als siebzig Jahren! Dieser Nussbaum sorgt jedes Jahr für ausreichend Nüsse für Weihnachtsplätzchen, Nussstollen, Linzertorte, Nussbrot und Walnussöl ...“

Die Studenten sahen den Baum ehrfurchtsvoll an.

„So viele Nüsse kann das Denkmalamt mir nicht ersetzen, wie sie dieser alte Nussbaum hier liefert.“

„An deine Linzertorte habe ich noch gar nicht gedacht“, meinte Joachim erschrocken. „Dr. Blanke, es tut mir leid, aber der Nussbaum muss stehen bleiben.“ Für eine Linzertorte tat Joachim fast alles.

Tieftraurig sah mich Dr. Blanke an.

„Ich weiß, wie wertvoll Ihnen die Steinplatten sind und dass es sich um einen einmaligen Fund hier im Kraichgau handelt – aber davon werden wir nun einmal nicht satt. Kommen Sie, dafür backe ich Ihnen auch eine Linzertorte – oder zwei.“

Die anwesenden Studenten machten sich dezent bemerkbar.

„Ich habe verstanden. Wie viele?“, seufzte ich theatralisch, denn eigentlich war ich von heiligem Stolz über meine Backkünste erfüllt: Meine Linzertorte galt als legendär.

Diese unvorhergesehenen Entwicklungen führten dazu, dass ich die nächsten Tage in der Küche verbrachte. Joachim verlegte die Katalogisierung und andere Arbeiten, die mit der Ausgrabung zu tun hatten, freundlicherweise in unseren Garten. Dies wiederum hatte zur Folge, dass sich meine Küche mit hungrigen Studenten und Archäologen füllte, während sich der Kühlschrank erschreckend leerte.

Auch Frau Braun stand nun unter Stress. So viel war hier am Senselberg schon lange nicht mehr los gewesen. Was sie da alles im Ort zu erzählen hatte ...

Dann kam er – mein nackter Gott. Und mit ihm die Presse und das halbe Dorf. Unser armer kleiner Dackel, er wusste nicht, ob er zuerst bellen oder mit dem Schwanz wedeln sollte.

Joachim war glücklich. Neben die Jupiterstatue ließ er sich von emsigen Mitarbeitern des Mühlbacher Steinbruchs einen Sandsteinblock stellen, nahm die Maße vom Original ab, zeichnete, skizzierte die halbe Nacht und setzte am folgenden Tag unter allgemeinem Jubel zum ersten Schlag an.

Da soll noch jemand behaupten, so ein Leben auf dem Lande sei beschaulich und einsam. Anonymität ist bei uns im Ort inzwischen sowieso ein Fremdwort.

Bei all dem Trubel fehlte mir fast die Zeit, Blankenfels nach den Ergebnissen seiner Untersuchungen am Bernhardsweihersee zu fragen. Ich war gerade dabei, ein paar Linzertorten zu backen, als er durch den Garten hereinspazierte.

„Machen Sie sich mal nützlich. Hier ist Eigelb und da der Kuchenpinsel. Damit können Sie die drei Linzertorten da drüben bestreichen und mir endlich erzählen, was die Spurensicherung am See herausgefunden hat."

Blankenfels sah mich nicht gerade begeistert an, nahm dann aber doch gehorsam den Pinsel in die Hand und legte unsicher los. Entspannt setzte ich mich ihm gegenüber und sah ihm dabei zu.

„Viel ist es nicht, was wir mit Bestimmtheit sagen können. Harald wurde aus relativ kurzer Entfernung von dem Pfeil aus dem Blasrohr in den Hals getroffen. Er wurde dann vom Mörder in den See gerollt – was uns annehmen lässt, dass es sich um keine besonders kräftige Person handelt. Wegen der Trockenheit der letzten Tage ließen sich keine Fußspuren auf dem Weg oder auf dem Waldboden feststellen."

Enttäuscht über diesen eher nüchternen Bericht, sah ich ihn an.

„Bin ich nicht gut? Ich glaube, ich hätte das Zeug zum Konditor." Stolz betrachtete er die von ihm bestrichenen Linzertorten.

„Ein Meister ist vom Himmel gefallen“, lobte ich ihn. „Nun das Ganze bitte noch in den Backofen stellen und eine Stunde bei 160° backen.“

„Aber nur, wenn ich auch eine davon bekomme“, meinte er grinsend. Wo sollte das noch mit dieser Menschheit hinführen. Nichts wurde mehr ohne Gegenleistung erbracht.

Im Garten hatte sich die Mal-Gruppe von Frau Lehn mit ihren Zeichenblöcken um Joachim gruppiert. „Der Künstler mit seinem Werk“. Ich wusste nicht so recht, ob mir die Vorstellung gefiel, dass Joachim in Acryl festgehalten in Zukunft in dem einen oder anderen Wohnzimmer an der Wand hängen würde. Eine der Kursteilnehmerinnen stellte ihn sogar mit freiem Oberkörper bei der Arbeit dar. Fragend sah ich ihn an. Ich sollte mir wieder einmal mehr Zeit für meinen Mann nehmen um zu überprüfen, ob er tatsächlich so einen Waschbrettbauch hatte, wie von der Künstlerin dargestellt. Joachim schien den Rummel um seine Person sichtlich zu genießen. Nelly sorgte auf ihre Art dafür, dass sie nicht übersehen wurde und die Kursteilnehmerinnen sie ausreichend kraulten.

Etwas abseits, bei Frau Braun an der Hecke, stand Erika. Was wollte sie denn hier?

„Hallo Erika, du suchst bestimmt Kommissar Blankenfels“, begrüßte ich sie freundlich.

„Eigentlich nicht. Es ist doch Samstag, ist er da überhaupt im Dienst?“ Unter ihren Augen hatten sich schwarze Ringe gebildet. Ihr Gesicht war fahl geworden. Der Glanz in ihren Augen war verschwunden.

„Ach, das hält ihn nicht davon ab zu kommen. Im Moment lernt er gerade, wie man eine Linzertorte bäckt."

Frau Braun fing an zu grinsen. Blankenfels war ihr inzwischen wohl ans Herz gewachsen.

„Ich bin wegen deinem Mann da", sagte Erika. „Ich möchte etwas mit ihm besprechen, aber wie ich sehe, ist er im Moment ja ziemlich beschäftigt."

So, so. Nicht nur Frau Braun wurde hellhörig.

Erika sah uns erschrocken an. „Nicht das, was Sie jetzt denken! Etwas Geschäftliches ..."

Frau Braun schien enttäuscht und ich musste lachen.

„Der Malkurs dauert den ganzen Tag, aber die Damen müssen auch einmal eine Pause machen. Komm, setz dich doch so lange zu mir."

Erika überlegte kurz. „Es ist doch Samstag ... Nicht, dass ich dich vom Putzen abhalte."

„Aber nein. Ich bin so weit fertig", log ich. Putzen? Ich wusste in letzter Zeit gar nicht mehr, was das war. Zum Glück war schönes Wetter und ich konnte meine Besucher auf der Terrasse empfangen und bewirten. Es durfte nur niemand in die Küche. Die glich seit einer Woche einem Schlachtfeld. Selbst Nelly wollte inzwischen nicht einmal mehr die Krümel vom Boden lecken.

„Kann ich dir irgendwie helfen? Du siehst ja gar nicht gut aus ...", begann ich vorsichtig ein Gespräch mit der verschüchterten Erika.

„Eigentlich nein. Weißt du, Tante Mina ist zwar im Familiengrab beigesetzt worden, aber auf dem Grabstein war kein Platz mehr für sie. Da dachte ich, Joachim könnte mir vielleicht eine Tafel mit ihrem Namen aus Stein meißeln." Peinlich berührt zupfte sie nervös an ihrer Bluse. „Als Schreibkraft auf dem Rathaus verdiene ich nicht gerade viel. Von Tante Minas Barvermögen blieb, bedingt durch die Krankheit, auch nicht genug übrig, um einen passenden neuen Grabstein beim Steinmetz anfertigen zu lassen ..."

„Du hast dich immer sehr um deine Tante gekümmert", meinte ich bewundernd zu Erika. „Du hast für sie eingekauft, gekocht, geputzt, sie zum Arzt gefahren und was weiß ich noch alles."

„Ja, sie war die Einzige der Geschwister, die zu meiner Mutter gehalten hat. Nachdem meine Eltern beide bei einem Autounfall ums Leben gekommen waren, war sie es, die sich um mich kümmerte. Ich war zu diesem Zeitpunkt zwar schon siebzehn, aber plötzlich so allein. Damals hatte ich gerade erst meine Berufsausbildung angefangen ... Ich weiß nicht, was ich ohne sie gemacht hätte. Sie war wie eine zweite Mutter für mich. Schon als ich ein Kind war, hat sie sich immer um mich gekümmert. Sie fuhr auch mit mir in den Urlaub, schenkte mir meine erste Puppe, mein Fahrrad, bezahlte mein Landschulheim, meinen Führerschein, und sie kaufte mir sogar mein erstes Auto ... Ich habe ihr so viel zu verdanken." Erika sank immer weiter in sich zusammen. „Ich habe doch niemanden mehr außer ihr", schluchzte sie und fing an zu weinen.

„Das stimmt nicht, mein Kind", meinte Frau Braun leise. Sie griff sanft nach Erikas Hand und tätschelte sie behutsam.

„Frau Braun hat recht, Erika. Natürlich können wir deine Tante nicht ersetzen, aber unsere Türen stehen dir jederzeit offen. Ich werde jetzt Joachim bitten, dass er mit dir wegen des Grabsteines spricht."

Joachim nahm sich reichlich Zeit für Erika und versprach ihr letztendlich ein Steinkreuz zum Selbstkostenpreis anzufertigen.

„Die Ärmste. Ob sie über den Verlust ihrer Tante hinweg kommt?", wollte er, als Erika gegangen war, von mir wissen.

„Ich hoffe es." Joachim nahm mich in seine Arme und küsste mich sanft.

„Wie gut es uns doch geht. Wir haben einander."

Mit einem tiefen Glücksgefühl im Herzen strahlte ich meinen Mann an. Bei einem feinen Carbernet Sauvignon aus Sulzfeld genossen wir diese Zweisamkeit und ließen den Samstagabend auf der Terrasse ausklingen.

13

Der Sonntag verlief ausnahmsweise ruhig und friedlich. Keine Archäologen und keine VHS-Leute belegten unseren Garten. Das schöne Wetter lud zu einem Ausflug ein, und so fuhren wir mit Kindern und Hund zum nahegelegenen Steinsberg, genossen den herrlichen Blick vom Bergfried auf die Landschaft und das neue Fußballstadion der TSG 1899 Hoffenheim. Wir spazierten zur Kapelle und ließen uns zur Mittagszeit im Burgrestaurant so richtig verwöhnen. Weit schob ich die Gedanken an Mord und Verbrechen zu dieser Stunde von mir.

Dann kam der Montagmorgen. Ich würde, nachdem ich die Kinder in den Kindergarten gebracht hatte, nach Oberderdingen ins Gemeindearchiv fahren. Für eine Ausstellung des Museumsvereins wollte ich dort nach einigen Bildern suchen. Ich meldete mich im Vorzimmer des Bürgermeisters an und bat Frau Riede darum, mir das Archiv aufzuschließen. Inge ging mit mir in den Keller der ehemaligen Zehntscheune des Klosters.

„Die Bilder von Flehingen findest du in diesem Schrank. Bis auf diese Aktenkartons hier unten. Das sind die Protokolle von den nicht öffentlichen Sitzungen des Gemeinderats, die Flehingen betreffen. Die sind vertraulich. Wenn ich dich bitten dürfte, da nicht hineinzusehen?“ Inge lachte auf und ging wieder zurück an ihren Schreibtisch.

Anfänglich fiel es mir noch leicht, nicht an die Kartons zu denken. Alte Fotografien waren ja nicht uninteressant. Andererseits: Wenn etwas nicht öffentlich, also sozusagen geheim war ... Immer öfter wanderte mein Blick zu den Kartons.

„Andrea, was soll das? Stell dich doch nicht so an“, rief ich mich zur Ordnung. Das war wirklich schwer. Schwerer als ich gedacht hatte.

Zur Ablenkung ging ich nach oben ins Foyer, um mir einen Kaffee aus dem Automaten zu holen. Dabei traf ich auf Erika. „Hallo Andrea, was machst du denn hier?“

„Ich stöbere gerade im Archiv nach alten Fotos.“

„Anstrengend, so wie es aussieht.“ Erika lachte und zeigte auf meinen Kaffeebecher.

„Ach, deshalb. Nein, das ist ein Ablenkungsmanöver, um nicht mehr an die Kartons mit den Protokollen von den nicht öffentlichen Sitzungen denken zu müssen“, erklärte ich ehrlich. Täuschte ich mich oder veränderte sich Erikas Gesicht für einen kurzen Moment?

„Ich muss weiter. Vielleicht komme ich später noch zu dir ins Archiv runter“, meinte Erika und verschwand eiligst in Richtung Bürgerbüro.

Ich schaffte es tatsächlich, ohne einen weiteren Gedanken an die Protokolle zu verschwenden, mich mit den Fotos zu beschäftigen. Zumindest so lange, bis ich ungeschickterweise einige der Kartons aus dem Schrank warf.

Einer davon war durch das Herausfallen aufgeplatzt. Die Blätter lagen verstreut auf dem Boden herum.

„Das hast du ja mal wieder ganz prima hinbekommen“, stöhnte ich. Es blieb mir nichts anderes übrig, als sie aufzulesen und zu sortieren. Um die Protokolle wieder in die richtige Reihenfolge zu bringen, war ich gezwungen, zumindest das Sitzungsdatum und die Protokollpunkte zu lesen. Ja, das war zwingend erforderlich ... Anfänglich ging alles gut, bis mir auf einem Deckblatt das Wort „Neubaugebiet“ ins Auge stach.

Mein Herz schlug sofort schneller, meine Hände wurden feucht. Vorsichtig schaute ich vor die Tür – niemand außer mir schien hier unten zu sein. Langsam setzte ich mich auf den Boden neben das Regal. Lauschte nochmals, ob ich eventuell Schritte hörte, doch es blieb ruhig. Dann begann ich konzentriert zu lesen.

„Aha, da soll also ein Neubaugebiet hin ... Zu schade, dass ich da keinen Acker habe ... Wer wohl die Glücklichen sind, bei denen aus Ackerland teures Bauland wird?“ Meine Nasenspitze fing an zu jucken, und in der Magengegend kribbelte es. „Mmmh. Soviel ich weiß, lagern seit der Umstellung auf EDV die Grundbuchakten hier unten im Keller.“

Suchend sah ich mich in dem vollgestellten Raum um. Während meiner Ausbildung zur Beamtin war ich für zwei Monate bei der Gemeinde auf dem Grundbuchamt gewesen. Eigentlich müsste ich es noch wissen, wie das mit dem Nachweisen der Eigentümer ging. „Ah, ja. Dahinten hängen die Akten. So ... wie war das noch?“

Nach etlichen Fehlschlägen und mehreren Anläufen fand ich die gesuchten Besitzer.

„Sieh mal einer an. Ich dachte, ein Gemeinderatsmitglied darf nach einem Beschluss für die Erschließung eines Baugebietes kein Ackerland in diesem Bereich mehr erwerben. Da hat sich aber offensichtlich jemand nicht daran gehalten – und die Gemeinde hat es geduldet. So, so ... Aber wie heißt es so schön: Wo kein Kläger, da kein Richter." Das Dumme an der Sache war, dass ich auch nichts dagegen tun konnte. Denn dann hätte ich ja zugeben müssen, dass ich heimlich die Protokolle gelesen habe.

„Mist!" Das war ärgerlich. „Wer diese Protokolle wohl noch so alles unerlaubterweise unter die Finger bekommt? Ob das die Protokolle sind, von denen Harald am Abend vor seiner Ermordung gesprochen hat?" Ich wandte mich wieder den Grundbuchakten zu. „Wollen doch mal sehen, wer noch so alles profitiert ... Das – das gibt es doch nicht! Also doch. Die Frage ist, ob der Mörder wusste, wer alles als Erbe in Frage kam? Andrea, Andrea, jetzt wird es höchste Zeit, mit Blankenfels zu telefonieren."

„Führst du Selbstgespräche?"

Erschrocken fuhr ich herum. „Mensch Erika! Sag' doch etwas, bevor du dich so anschleichst." Doch Erika sah mich nur abschätzig an. Langsam nahm sie mir die Akten aus der Hand, schaute kurz hinein und hängte sie wieder ins Register.

„Seit wann interessierst du dich für Liegenschaften und deren Besitzer?", fragte sie mich kühl. Ihre Augen beobachteten mich mit extrem wachem Blick.

„Seit ich gerade das Protokoll von der nicht-öffentlichen Gemeinderatssitzung vor zwei Monaten gelesen habe. Darin stand etwas über ein weiteres Neubaugebiet in Flehingen." Lügen erschienen mir zwecklos. „Ich gehe davon aus, dass du die Protokolle auch kennst?", fragte ich Erika vorsichtig.

Sie erschien mir wie eine Raubkatze vor dem Sprung. Jede Faser ihres Körpers war angespannt. „Ich darf sie nach jeder Sitzung abtippen", meinte sie trocken.

Ich hatte das Gefühl, als wäre die Raumtemperatur merklich gesunken. Konnte es sein, dass diese graue Maus, dieses kleine, zarte Persönchen, eine Mörderin war? Nein ... das konnte und wollte ich auch nicht glauben. Diese blöde Manuela wäre mir als Mörderin weitaus lieber gewesen. Die hätte ich gerne hinter Gittern gesehen! Aber leider kann man sich das nicht immer aussuchen ...

Erika legte die Protokolle wieder in den Karton. Dabei lauerte sie auf jede meiner Bewegungen. „Harald kannte die Protokolle auch", meinte sie unvermittelt zu mir.

„Ich weiß", gab ich ihr zu verstehen.

Wie eine Furie schaute sie auf zu mir auf. „Woher?"

„Ich habe ihn auf dem Polterabend darüber reden hören. Ich nehme an, die Person, mit der er sprach, warst du?"

„Er hat sie umgebracht. Aus purer Habgier! Dabei dachte er nur an sich. Er besaß die Frechheit, das als Sterbehilfe hinzustellen. Von dem Moment an wusste ich, dass er dafür bezahlen musste. Wie nett von dir, ihm den Joggingpfad am Bernhardsweihersee zu empfehlen. Er hatte keine Chance, genauso wenig, wie er Tante Mina eine Chance gelassen hat. Schon als Kind hat er auf mir herumgetrampelt, mich fertig gemacht und ausgenutzt. Aber ich wusste, dass ich mich eines Tages dafür revanchieren würde: Ihm und seinen Geschwistern wollte ich zeigen, wozu so eine armselige graue Maus fähig ist." Sie lachte gehässig.

„Wahnsinnig. Erika, du bist wahnsinnig."

„Das wärest du auch, wenn dich jeder ein Leben lang nur ‚das Flüchtlingskind' genannt hätte, wenn du immer nur an zweiter Stelle gestanden hättest – bei deiner eigenen Verwandtschaft! Tante Mina war die Einzige, die gut zu mir war. Und Harald hat sie ermordet. Er hat es genossen, als er mir das ins Gesicht sagte. Er hat es genossen, mir damit weh zu tun."

Meine innere Stimme sagte mir, dass ich jetzt wohl lieber Land gewinnen sollte. Leider schien Erika meine Gedanken zu erahnen. „Es tut mir leid, Andrea, aber du verstehst, dass du von diesem Moment an zu viel weißt."

Mit diesen Worten stieß sie mich rücklings in einen Stapel Ortssippenbücher, rannte aus dem Archiv und schloss die schwere, feuerfeste Stahltür. Mit einem dumpfen Knall fiel sie ins Schloss.

Das hast du wieder toll gemacht, Andrea, dachte ich. Wenn ich Glück habe, kommt morgen früh wieder jemand ins Archiv ... Telefon!, schoss es mir durch den Kopf. Schnell lief ich zu meiner Jacke, holte mein Handy hervor – kein Empfang hier unten.

Nicht aufgeben, Andrea! Gab es hier unten vielleicht ein Haustelefon?

Schlagartig wurde es dunkel um mich herum. Die Lüftungsanlage hörte auf zu arbeiten. Mit dem schwachen Lichtschein meines Handys fand ich einen Handapparat – der ohne Strom natürlich nicht funktionierte.

Ich setzte mich auf den Boden. Da es im Archiv keine Fenster gab, fand nicht der kleinste Lichtstrahl seinen Weg hierher. Die finsterste Nacht konnte nicht so dunkel sein, wie es in diesem Moment um mich herum war. Sollte ich nicht aufgrund von Sauerstoffmangel sterben, so würde ich vorher dem Wahnsinn verfallen.

Ich kann nicht sagen, wie lange ich so dasaß. Ich versuchte, meine Angst in den Griff zu bekommen. Mit der Zeit wurde ich ruhiger. Das Licht meines Handys war ein Hoffnungsschimmer im schwarzen Nichts, das mich umgab. Wann hatte ich den Akku aufgeladen? Sparsam sein. In meiner Handtasche fand sich eine Streichholzschachtel. Ein Überbleibsel meines letzten Restaurantbesuches. Sollte ich je wieder hier lebend herauskommen, würde neben Make up, Deo und anderer lebensnotwendiger weiblicher Utensilien auch eine Taschenlampe Einzug in meine Handtasche halten ...

An der Decke entdeckte ich eine alte Sprinkleranlage. Ob ein Streichholz zum Auslösen des Feueralarms reichen würde? Wohl kaum.

Aber vielleicht gibt es ja hier noch irgendwo so einen kleinen roten Kasten mit einer Glasscheibe zum Einschlagen davor, schoss es mir durch den Kopf.

Autsch! Das war mein Finger. Die Streichhölzer brannten leider sehr schnell ab.

Vorsichtig tastete ich mich zur Tür. Nichts. Vielleicht weiter hinten bei den Aktenschränken? Langsam glitt ich mit den Händen an der Wand entlang. Tatsächlich, neben den Schränken mit den Liegenschaftsakten fand ich, was ich suchte.

Ich schlug die Scheibe des Feuermelders ein und drückte auf das rote Knöpfchen ... Nichts tat sich.

„Oh nein, ist hierfür etwa auch Strom nötig?“, schrie ich in Panik. Doch genau in dem Moment, als ich verzweifelt auf den Boden sank, ging die Sprinkleranlage an.

„Auch gut. Dann ertrinke ich eben.“

Zeit bekommt in dunkler Einsamkeit eine andere Bedeutung. Dass die Männer der Freiwilligen Feuerwehr nur sechs Minuten bis zum Vordringen zur Tür des Archivs brauchten, teilte mir mit stolzgeschwellter Brust viel später der Feuerwehrkommandant der Abteilung Derdingen mit. Das Problem war nur: Einen Schlüssel für das Rathaus hatte die Feuerwehr. Den hatten sie auch dabei, aber einen Schlüssel für das Archiv besaßen sie nicht. Wie lange es dauerte, bis sich jemand fand, der der Feuerwehr den besagten Schlüssel geben konnte, das sagte mir niemand. Zuvor nahm ich aber, durchnässt, wie ich war, jeden Feuerwehrmann einzeln dankbar in die Arme. Ich weiß nicht, wer verwirrter war: Ich nach meiner Dunkelhaft – oder die Feuerwehrleute, die einen Großbrand im Archiv vermutet hatten.

„Wie kann man nur so blöd sein und die Tür zufallen lassen“, maulte einer von ihnen.

Da kehrten meine Lebensgeister wieder zurück und ich machte ihm unmissverständlich klar, dass die Stahltür nicht von innen verriegelbar ist. Die Dunkelheit war meinen Nerven nicht bekommen.

„Andrea, Liebes, alles in Ordnung?“ Joachim kam die Kellertreppe heruntergestürzt. „Frau Feger hat die Kinder gebracht, deshalb hab’ ich auf dem Rathaus angerufen, wo du bleibst. Da hörte ich von dem Feuerwehralarm und bin losgesaust.“ Joachim schloss mich in die Arme.

Ortspolizist Bernd Knoll trennte uns jäh; er benötige jetzt und hier ein Protokoll bezüglich des von mir ausgelösten Feueralarms, warum ich ... „Erika“, schoss es mir durch den Kopf.

„Joachim, ich weiß, wer der Mörder ist.“ Und wollte mit ihm lossausen.

Der Polizist hielt mich fest. „Halt, hier geblieben.“

„Geht nicht. Ich muss Blankenfels anrufen und ...“

„Mag sein“, fiel er mir ins Wort, „aber ich brauche mein Protokoll.“

Oh, Herr, lass’ Hirn wachsen, dachte ich. „Einen Moment, Herr Knoll, telefonieren darf ich aber noch?“, fragte ich säuerlich. Zum Glück hatte ich Blankenfels’ Nummer im Handy gespeichert.

„Hallo Kurt, ich weiß, wer der Mörder von Harald ist ... Später ... Sagen Sie bitte dem netten Polizisten hier, dass ich erst unter eine heiße Dusche muss ... Das erkläre ich Ihnen ... jetzt kommen Sie so schnell wie möglich nach Flehingen, dann schnappen wir uns Erika ... ja ... er will ein Protokoll, aber das geht jetzt nicht ... Hier, für Sie!“

Knoll gab mir verärgert mein Handy zurück. „Also gut. Morgen früh pünktlich um neun auf der Polizeistelle.“

„Danke", rief ich und zog Joachim mit mir fort.

Es dauerte, bis Blankenfels endlich kam. „Ich hoffe, Andrea, Sie haben Beweise für das, was Sie mir am Telefon angedeutet haben. Ich habe noch zwei Beamte aus Karlsruhe mitgebracht", begrüßte Blankenfels mich in ungewohnt kühlem Ton.

„Glauben Sie mir nicht?", fragte ich ihn erstaunt und ließ ihn mit den beiden Beamten ins Haus.

„Nun, es kommt mir eigentlich unlogisch vor, dass ausgerechnet Erika die Mörderin von Harald sein soll. Vielmehr hätte sie es sein müssen, die ihre Tante aus Habgier umbringt und nicht Harald."

„Das erscheint ungewöhnlich, ich weiß, aber Erika hat den Mord an Harald zugegeben, bevor sie mich im Archiv einsperrte. Ebenso, dass sie es war, die mit ihm am Polterabend gesprochen hat."

„Dann wollen wir hoffen, dass wir sie noch finden und sie nicht schon über alle Berge ist. Irgendeine Idee?"

„Wenn sie Flehingen nicht verlassen hat, ist sie bei ihrer Tante."

Blankenfels bugsierte mich hektisch in den Wagen und fuhr los. Vor dem Haus bremste er scharf und rannte, bevor ich etwas einwenden konnte, zur Tür. Die war verschlossen, auf ein Klingeln antwortete niemand. Gerade als einer der beiden Beamten sich gewaltsam Zutritt zum Haus verschaffen wollte, kam der Nachbar, Herr Wieland. „Wenn Se die Erika sucha, die is vor fünf Minuta weg."

„Was nun?", fragte Blankenfels.

„Auf mich hören! Ich sagte, sie ist bei ihrer Tante."

Blankenfels deutete verständnislos auf das Haus.

„Auf dem Friedhof. Wo sonst?"

Keine Menschenseele befand sich auf dem kleinen Sickinger Gottesacker. Außer Erika. Sie saß auf einer Bank vor dem Grab ihrer Tante und weinte leise vor sich hin. Als ich vor ihr stand, blickte sie zu mir auf und meinte verzweifelt: „Es tut mir leid, Andrea. Ich wollte dir nichts tun. Aber mir sind die Nerven durchgegangen ..."

Ich setzte mich zu ihr und sah sie an.

„Eigentlich bin ich froh, dass du jetzt alles weißt. Es war ein furchtbares Geheimnis, das ich mit mir umhertrug. Dazu immer die Angst, entdeckt zu werden! Als die liebe Tante Mina noch lebte, da wusste ich, wozu und warum ich das getan habe. Aber nun war alles umsonst. Es war alles umsonst ..."

Blankenfels wollte sie schon in Gewahrsam nehmen, doch mit einem flehenden Blick bat ich ihn, noch damit zu warten.

„Habe ich das im Archiv richtig verstanden? Du hast Harald nicht getötet, weil du Angst hattest, dass er dich verrät, sondern weil er deine Tante umgebracht hat?", fragte ich.

„Ja. Damit hat er mir alles genommen. So wie es schon sein Onkel Josef tun wollte."

„Richter wollte seine Schwester umbringen?", fragte ich entsetzt.

„Tante Mina hat ihre Schmerzen kaum noch ausgehalten. Ohne die teuren Schmerzmittel ging es nicht mehr. Der Arzt hat ihr Bäder empfohlen, am besten in der Wärme, im Süden, zum Beispiel auf Ischia. Sie sollte sich dort nach Möglichkeit den Winter über aufhalten ... Aber wie hätte sie das bezahlen sollen? Ich wollte einen Kredit bei der Bank aufnehmen und mich für diesen Zeitraum bei der Gemeinde beurlauben lassen. Doch so einfach wie es sich anhört, ist das leider nicht ... Mina hat in ihrer Verzweiflung ihren Bruder um Hilfe gebeten. Sie hat den Anteil ihres Erbes eingefordert, das Josef ihr noch immer vorenthielt. Weißt du, was er ihr stattdessen gegeben hat?" Erika sah mich mit großen, verweinten Augen an.

„Nein. Keine Ahnung."

„Gift! Gift hat er ihr gebracht. Wenn sie die Schmerzen, die in seinen Augen die Strafe Gottes für ihren Lebenswandel seien, nicht mehr aushalten könne ... Danach haben sie fürchterlich angefangen zu streiten. Tante Mina schickte mich weg, so dass ich nicht alles mitbekommen habe. Als ich am Abend wiederkam, war sie völlig am Ende. Sie war verzweifelt. Sie wollte aber immer noch nicht, dass ich ihretwegen Schulden mache. Dabei hätte ich es so gerne getan. Das Gift nahm ich ihr weg, bevor sie es nehmen konnte. Ich weiß, ich hätte es gleich wegschütten müssen – aber ich konnte nicht. Ich glaube, damals keimte schon die Idee in mir auf, dass ich eines Tages ... Na ja, als Manuela dann an seinem Geburtstag damit prahlte, der Onkel wolle sie zur Alleinerbin einsetzen und seine Schwester würde leer ausgehen, da wusste ich, was ich zu tun hatte. Ich ging nach Hause und holte das Giftfläschchen. Er hat immer penibel darauf geachtet, dass die farbigen böhmischen Likörgläser benutzt werden. Er nahm, genau wie sein Vater früher, stets das rote Glas. Das habe ich dann mit dem Pfeilgift eingerieben. Die ganze Familie hatte sich immer sonst etwas auf dieses Gift, auf seine Entdeckung und die ganzen Erzählungen über Carl Richter eingebildet. Sie haben immer noch von dessen Ruhm gezehrt. Sie hielten sich für etwas Besseres. Dabei haben sie selber nichts auf die Beine gestellt. Nun ist er daran gestorben und keiner hat etwas davon gemerkt. Wäre Manuela bereits die Alleinerbin gewesen, hätte sie Frau Sailer nie als Giftmischerin bezeichnet, sondern sich mit einer natürlichen Todesursache zufrieden gegeben und das Erbe eingestrichen. Aber so musste sie ja alle verrückt machen ... Dumm gelaufen ..."

Erika sackte in sich zusammen. In ihren Händen hielt sie eine Belladonnalilie. „Ich wusste davon, dass die ganzen Äcker, die Josef gehörten, zu Bauland werden würden. Mit dem Gewinn, den der Verkauf der Bauplätze für Tante Mina gebracht hätte, wäre ein Umzug nach Ischia möglich gewesen. Und ich hätte mitfahren können. Tante Mina hatte sich so darauf gefreut."

„Und dann kam Harald und hat alles zerstört", ergänzte ich.

„So war es. In der Nachttischschublade meiner Tante habe ich diese Briefe gefunden. Briefe von meiner Mutter an sie. Laut diesen Briefen war meine Mutter nicht meine leibliche Mutter, sondern Tante Mina! Sie war wohl unverheiratet schwanger geworden. Ihre Eltern verboten ihr, den jungen Mann zu heiraten. Im Gegensatz zu ihrer Schwester Frieda hatte sie nicht den Mut, ihren Eltern zu widersprechen. Da Mutter scheinbar keine Kinder bekommen konnte, hat sie Tante Mina angeboten, mich als ihr Kind auszugeben. Tante Mina ging dann zusammen mit meiner Mutter zur Verwandtschaft ins Rheinland – bevor man im Dorf etwas gemerkt hätte. Sobald ich auf der Welt war, kehrten sie beide zurück nach Flehingen. Sie hatten es niemandem gesagt, nicht einmal ihren Eltern. Sie war meine Mutter. Ich hatte doch nur sie. Und jetzt ..."

Erika fing an zu weinen. Sie stand auf und fiel am Grab nieder. Blankenfels hob die Briefe auf, die Erika heruntergefallen waren. Gemeinsam lasen wir darin.

Was in dieser Familie für eine Überheblichkeit vorhanden gewesen war! Kein Mann war für die Töchter gut genug gewesen. Dann der Hass auf die jüngste Tochter Frieda, als sie ohne Erlaubnis heiratete – dazu noch einen Flüchtling. Sie verboten umgehend den anderen Kindern den Umgang mit ihr. Lediglich Mina hielt sich nicht daran. Und wie wir jetzt erfuhren, war Erika der Grund. Als Strafe dafür hatte Josef seiner Schwester Mina nach dem Tod der Eltern ihren Erbteil verweigert.

Blankenfels trat leise auf Erika zu, die immer noch am Grab kauerte. „Es tut mir leid, Frau Ziegler, sehr leid, aber ich muss Sie wegen Mordes an Josef und Harald Richter verhaften."

Als Erika nicht darauf reagierte, fasste ich Blankenfels entsetzt am Arm. Mein Magen krampfte sich zusammen. Mein Blick war starr auf die vor uns zusammengesunkene Erika gerichtet. Blankenfels löste sich von mir und beugte sich zu Erika nieder. Sie fiel leblos auf die Seite. Aus ihrer Hand löste Blankenfels eine winzige Apothekerflasche.

Es war eine sehr kleine Beerdigung, die bei strahlendem Sonnenschein auf dem Sickinger Friedhof stattfand. Blankenfels, Emma, die Pfarrköchin Frau Sailer und ich. Von der sonst so jammervollen Manuela fehlte jede Spur. Sie hatte schmerzlich erfahren müssen, wie es ist, einmal nicht das zu bekommen, was man will. Blankenfels hatte vorsorglich Erikas Wohnung und das Häuschen der Tante versiegeln und deren Konten sperren lassen. Manuela hatte geflucht wie ein Rohrspatz: Sie drohte Blankenfels mit einer Dienstaufsichtsbeschwerde. Aber das half ihr nichts.

„Ach, übrigens", meinte Blankenfels, als wir den Friedhof verließen, um nebenan im Pfarrhaus mit Frau Sailer einen Kaffee zu trinken, „der Notar hat mich heute Morgen darüber informiert, dass Erika ein gültiges Testament hinterlassen hat. Darin kommen weder Richard noch Manuela vor."

14

„Seht nur, was für eine schöne Braut! Und wie glücklich sie aussieht."

Da musste ich Frau Sailer recht geben. Emma strahlte in ihrem Hochzeitskleid, als sie aus der evangelischen Kirche trat. Ihr frischgebackener Ehemann schien ebenfalls auf Wolken zu schweben. Vielleicht hatte Emma ja recht und bei ihrer vierten Ehe würde nun alles gut werden. Ich wünschte es ihr von Herzen.

Die Flehinger Feuerwehr stand Spalier. Sie hatte ihre Schläuche gefüllt und zu Kreisen geschlossen. Hier hindurch mussten Emma und ihr Bürgermeister schreiten. Die Historische Gruppe feuerte mit ihren Schwarzpulverbüchsen Salutschüsse in die Luft und der Turnverein ließ weiße und rote Luftballone in den blauen Sommerhimmel aufsteigen, den der Männergesangverein mit Tönen füllte.

Frau Sailer holte ihr großes Taschentuch hervor und wischte sich die Tränen weg.

„Nicht doch, Frau Sailer. Wer wird denn an solch einem Tag weinen! Die Beerdigung war gestern", scherzte Blankenfels. Auch er gehörte zu den geladenen Gästen. Er sah in seinem dunklen Anzug richtig gut aus.

„Ich weiß, ich weiß", schniefte Frau Sailer. „Ich freue mich ja. Lasst uns auf das Brautpaar anstoßen. Ich habe da etwas mitgebracht."

Schwungvoll zog sie ein Tuch von einer Kiste.

„Quittensecco. Was ganz besonders Feines ... Haben wir böhmische Gläser?"

Walnusslikör

Zutaten: 30 grüne Nüsse, 1 l Weingeist, 500 g Zucker, 2 l Wasser, 2 Zimtstangen, 1 Kalmus- und Enzianwurzel (kann auch weggelassen werden), 1 unbehandelte Orange

Im Juni die grünen Nüsse vom Baum pflücken, vierteln und mit dem Weingeist übergießen.

Den Zucker in 2 Liter Wasser aufkochen (den sich dabei bildenden Schaum abschöpfen), genügend weiterkochen, bis sich aus der Lösung Fäden ziehen lassen. Den abgekühlten Zucker zu den ganzen oder zerstampften Nüssen geben. Dazu kommen die Gewürze und die in Stücke geschnittene Orange sowie der Weingeist. Man verschließt die Flasche / das große Einweckglas und stellt sie / es fünf Wochen in die Sonne. Den Likör filtrieren.

Berches

Jüdisches Rezept von der Nachbarin meiner Urgroßmutter, Frau Heidelberger

Zutaten: 1 Pfund weißes Mehl, 100 g gekochte, geriebene Kartoffeln, 1 Essl. Salz, 20 g Hefe, 1/5 l Milch
Zum Bestreichen: 1 Eigelb, 2 Essl. Mohnsamen

Mit den Zutaten wird ein Hefeteig gearbeitet und der Teig geschlagen, bis er Blasen wirft. Man lässt ihn etwa 2 – 3 Stunden gehen, nimmt ihn auf das erwärmte, mit Mehl bestäubte Wellbrett, rollt von 1/3 des Teiges einen 12 cm breiten und 30 cm langen Stollen, den man auf ein bestrichenes oder mit Backpapier belegtes Backblech setzt. Von dem zurückgebliebenen, größeren Teil des Teiges flicht man einen Zopf, legt diesen auf den vorbereiteten Stollen, lässt den Berches nochmals 20 – 30 Minuten gehen, bestreicht ihn mit Eigelb und streut den Mohnsamen darüber. Das Brot wird bei mittlerer Hitze (Umluft 160°) etwa 45 Minuten gebacken.

Linzertorte

nach meiner Großmutter Marie Hirsch

Zutaten: 300 g Mehl, 300 g Zucker, 200 g Butter
200 g geröstete gemahlene Walnüsse, 1 Ei, 1 Kaffeelöffel Kakao
½ Kaffeelöffel gemahlener Zimt
1 Messerspitze gemahlene Nelken
2 Essl. Kirsch- oder Mirabellenschnaps
1 Päckchen Backpulver
7 Essl. Johannisbeer-/Himbeermarmelade oder Quittenmus

Die Butter wird auf dem Wellbrett unter das gesiebte Mehl geschnitten. Die übrigen Zutaten zugeben und leicht zusammenarbeiten (geht auch in der Küchenmaschine). Teig 1 Stunde ruhen lassen, sodann von der ersten Hälfte einen dicken Boden auswellen, ein Tortenblech von etwa 26 cm damit belegen und Marmelade darauf streichen. Nun wellt man die zweite Hälfte des Teiges, sticht mit einer Form Blättchen oder rädert ein Gitter zum Belegen der Torte; diese setzt man auf den bestrichenen Boden und bestreicht die Teigblätter/-gitter mit verquirltem Eigelb. Bei mittlerer Hitze (Umluft 160°) etwa 1 Stunde backen. Mindestens 3 bis 4 Tage vor dem Gebrauch zubereiten und gut verschlossen aufbewahren – wahre Kenner verstecken die Torte wochenlang im, auf oder unter Schränken!

Handfester Mord in idyllischer Umgebung.

BNN

Der Shooting-Star der Weinbranche, Henriette Jäger, bringt frischen Wind in den Kraichgau. Klar, dass das nicht allen gefällt. Als sie bei der Weinbergsarbeit umkommt, denkt niemand an Mord. Zumal: Beweise gibt es keine. Motive viele. Nur Henriettes Vater nimmt die Ermittlungen auf und lernt im Kraichgau gastfreundliche Menschen kennen, die nichts zu verbergen haben. Doch dann weckt der alte Matthaiser einen bösen Verdacht in ihm ...

192 Seiten · Paperback
ISBN 978-3-88190-587-9
13,80 Euro

Humorvoll und spannend!

WEIN & MEHR

Die Weinprobe mit dem Landrat ist ein voller Erfolg. Wäre da nur nicht die Ortschaftsrätin, die tot im Weinkeller liegt. Das Gerede im Ort lässt natürlich nicht lange auf sich warten; das ist einigermaßen unangenehm für Andrea Leuchte. Hatte ihr Mann nicht gerade eine Auseinandersetzung mit der Toten? Wenig später wird er selbst niedergeschlagen aufgefunden. Da mischt sich Andrea, zur Freude des Kripobeamten, in die Ermittlungen ein.

144 Seiten · Paperback
ISBN 978-3-88190-602-9
12,80 Euro

Lindemanns Bibliothek
Literatur und Kunst im Info Verlag
herausgegeben von Thomas Lindemann
dieser Band gemeinsam mit Johannes Hucke

Titelfoto (Montage): Info-Archiv, Thomas Rebel
Redaktionelle Mitarbeit: Kurt Fay

Bibliografische Information der Deutschen Nationalbibliothek
Die Deutsche Nationalbibliothek verzeichnet diese Publikation in der Deutschen Nationalbibliografie; detaillierte bibliografische Daten sind im Internet über http://dnb.d-nb.de abrufbar.

Käppelestraße 10 · 76131 Karlsruhe
www.infoverlag.de

Lindemanns Bibliothek · Band 137
ISBN 978-3-88190-649-4